Verão Cruel

Alyson Noël

Verão Cruel

novo século®

São Paulo, 2014

Cruel Summer

Coordenação editorial	Mateus Duque Erthal
Tradução	Carolina Caires Coelho
Editor assistente	Daniel Lameira
Diagramação	Claudio Tito Braghini Junior
Capa	Monalisa Morato
Preparação	Julieta Lamarão
Revisão	Fernanda Guerriero Antunes

Texto de acordo com as normas do Novo Acordo Ortográfico da Língua Portuguesa (Decreto Legislativo nº 54, de 1995)

Dados Internacionais de Catalogação na Publicação (CIP)
(Câmara Brasileira do Livro, SP, Brasil)

Nöel, Alyson
Verão cruel / Alyson Nöel ; [tradução Carolina Caires Coelho].
-- Barueri, SP : Novo Século Editora, 2014.

Título original: Cruel summer.

1. Ficção norte-americana I. Título.

13-08467 CDD-813

Índices para catálogo sistemático:

1. Ficção : Literatura norte-americana 813

2014
IMPRESSO NO BRASIL
PRINTED IN BRAZIL
DIREITOS CEDIDOS PARA ESTA EDIÇÃO À
NOVO SÉCULO EDITORA
CEA – CENTRO EMPRESARIAL ARAGUAIA II
Alameda Araguaia, 2190 – 11° andar
Bloco A – Conjunto 1111
CEP 06455-000 – Alphaville Industrial – SP
Tel. (11) 3699-7107
www.novoseculo.com.br
atendimento@novoseculo.com.br

A Kate Schafer – agente extraordinária e uma pessoa incrível!

Agradecimentos

Agradecimentos grandes, enormes, brilhantes e cheios de confete para: Matthew Shear e Rose Hilliard, a quem serei eternamente grata; Kate Schafer, por motivos demais para explicar; Sandy Sherman, o yang perfeito para o meu yin; e a cada um de meus leitores – vocês são o máximo!

13 de junho,

Querida Tia Tally,

Quando pedi seu endereço de e-mail para a minha mãe, ela riu e disse que você não tem e-mail. Mas sei que ela só está brincando... certo?

Não precisa ter um computador nem nada assim, já que pretendo levar o meu notebook. Só preciso ter certeza de que a senhora tem wi-fi de alta velocidade, banda larga, ou qualquer coisa que chamem onde você mora, já que é muito importante para mim estar conectada, ~~porque, bem, acabei de começar a sair com um grupo novo de amigos e~~

Bom, minha mãe acabou de entrar e, quando me viu escrevendo para você, disse: "Não desperdice dinheiro com o envio da carta, Colby. Você vai chegar lá muito antes de a carta chegar". Mas, para o caso de ela estar enganada, vou enviar a carta mesmo assim. E, se por acaso ela estiver certa, bem, então acho que não tenho mais nada a dizer.

Até breve.

Com amor,

Colby

15 de junho

Mamãe e papai,

Se por acaso decidirem parar de brincar tempo suficiente para saírem à minha procura, saibam que NÃO estou em casa. Saí com meus amigos, determinada a aproveitar minha ÚLTIMA NOITE DE LIBERDADE.

Tentando ter um pouco de DIVERSÃO antes de vocês conseguirem TIRAR TUDO DE MIM.

Mas não se preocupem. Não vou fugir nem nada. Até porque a decisão que vocês tomaram de me mandar para longe torna uma fuga algo quase redundante.

Além disso, tenho feito o melhor que posso para conversar com vocês e colocar fim a tudo o que vocês começaram, mas, como não consegui nada, logo me renderei, aceitarei o que querem, e me conformarei com o destino que vocês escolherem para mim de modo tão aleatório.

Por enquanto, até mais tarde. Porque, agora, só estou tentando me divertir – enquanto posso.

Mas, antes, gostaria de dizer algumas coisas para vocês pensarem:

Não é tarde demais!

Há tempo suficiente para reconsiderar!

Tudo o que vocês fizeram ainda pode ser desfeito!

Pelo menos, pensem um pouco nisso.

Colby

Diário da Colby para momentos de desespero como os de agora

16 de junho

Não acredito que estou escrevendo neste diário. Afinal, ~~hoje~~ (bem, tecnicamente, seria ontem), quando minha mãe me deu ele, só olhei para ela e disse: "O que é isto?".

E ela respondeu: “Achei que você poderia usá-lo para escrever sobre todas as coisas interessantes que aconteçam com você neste verão”.

E então, eu balancei a cabeça, rolei os olhos e bufei o mais alto que consegui.

Então, eu o joguei em cima da mesa e observei quando ele escorregou por toda a superfície e voou pela lateral, caindo no chão, e minha mãe ficou ali, parada e calada, olhando para o diário virado e para mim.

Mas eu só semicerrei os olhos e fiquei olhando para ela, tentando imaginar se ela gritaria comigo, choraria, ou as duas coisas.

Mas, no fim, ela só balançou a cabeça e saiu do meu quarto. E, assim que ela fechou a porta, fui eu quem começou a chorar.

Mas não por muito tempo, porque não queria que meu rosto ficasse todo inchado e vermelho para a festa de despedida que a Amanda faria para mim. Ainda que, no fim, não tenha sido bem uma festa, porque só havia seis latinhas de cerveja do irmão dela, um saco de salgadinhos e nós.

Bem, isso até ela fazer uns telefonemas...

Olha, eu estava quase escrevendo o resto da história, mas aí decidi parar, porque é muito estranho estar me confessando nesta coisa. Sabe, por mais que eu tivesse vontade de escrever sobre <u>TUDO</u> que acabou de acontecer (e, pode acreditar, tem <u>MUITO</u> sobre o que escrever), porque acho que passar tudo para o papel pode me ajudar, e até esvaziar minha mente e analisar as coisas de um jeito melhor, o problema é que fico pensando: *e se alguém ler isto?*

Afinal, não se pode proteger com senha um caderno com capa de couro.

Sem falar que <u>AINDA</u> estou escutando meus pais gritando como doidos lá embaixo; além de dificultar minha concentração, também está me assustando pensar que eles podem vir aqui para ver se estou dormindo (porque é o que eles sempre fazem quando se cansam de brigar: decidem parar para dormir e vão cada um para seu quarto). E podem até xeretar o que escrevi.

E ainda que eu saiba que isso provavelmente parece paranoia, analisando como eles conseguiram detonar todos os aspectos da minha vida, acho que a falta de confiança é totalmente justificável.

Então, pensando nisso, é melhor parar agora e continuar a escrever em outro momento, em outro lugar.

Ou não.

16 de junho
Mensagem de texto
Para: Amanda

Mensagem: Esta é a última msg q vc vai recber d mim, pq to pronta p ir p o aeroporto, então qro dizer tchau e tb q ontem foi mtooo divertido, mas tb dificulta mto a minha partida. Ainda n acredito q meus pais tao fazendo isso cmg. Pfv, diga tchau p o Levi p mim, passa meu email p ele pq me esqci.

Bom, té +, Colby

16 de junho

Mamãe e papai,

Espero muito que vocês voltem do aeroporto e encontrem esta carta, e percebam o grande erro que cometeram.

Porque isso NÃO é justo!

Parece que EU estou sendo deixada de lado porque VOCÊS decidiram se separar – uma separação com a qual, como sabem, não concordo nem um pouco. Mas, ainda assim, aqui estou, sendo banida de tudo que conheço e amo, e isso simplesmente não faz sentido.

Não estou causando problemas. Não estou gritando e brigando o tempo todo. Porque quem está fazendo isso são VOCÊS! E, apesar disso, a passagem aérea está em meu nome.

Será que vocês já pararam para pensar que talvez a PESSOA ERRADA esteja sendo mandada para a casa da Tia Tally? Será que já pararam para pensar que talvez um de VOCÊS devesse esfriar a cabeça em uma ilha grega durante alguns meses, para que eu possa ficar em casa aproveitando meu verão em paz?

Parece que não.

Espero que, quando terminarem de ler esta carta, recuperem a capacidade de pensar, parem de brigar, vejam o erro de suas atitudes e me tragam de volta para casa imediatamente.

Só precisam telefonar para o aeroporto e mandar impedir meu voo.

Vou ficar atenta para escutar meu nome.

E ainda que provavelmente não precise dizer, quero que saibam que, se por acaso decidirem voltar atrás, eu juro nunca mais falar sobre esta pequena falha. Eu a arquivarei na gaveta das Coisas que Devem Ser Esquecidas.

Mas se não... infelizmente, não poderei me responsabilizar pelos meus atos.

Por favor, reconsiderem. E lembrem-se, nunca é tarde demais para corrigir um erro.

Com amor,

Sua filha triste, solitária e que já está morrendo de saudade de casa,

Colby

Diário da Colby para momentos de desespero em que ela está presa a uma altura de 11.200 quilômetros sem acesso à internet

16 de junho

Eu tentei. É sério, tentei. Fiz o melhor que pude, mas ainda estou aqui. Sentada neste avião idiota, ao lado de um homem idiota e fedorento, na poltrona 37G, na penúltima fileira, perto dos banheiros (e, pode acreditar, consigo sentir o cheiro) e bem ao lado da janela, para o caso de eu querer abrir a tampa e olhar para o... nada. É sério, não tem nada ali fora, além de quilômetros e quilômetros de nuvens brancas.

Estamos bem alto.

Estou bem longe de casa.

E tudo estaria muito bem e valeria a pena se eu fosse para algum lugar bom, mas acabei de ver a primeira página do guia que meu pai me deu no aeroporto e está escrito o seguinte:

Tinos é o destino mais importante da Grécia para os peregrinos religiosos, e ainda continua sendo uma das ilhas com menos comércio.

Oi? Como é? Peregrinos religiosos? Com menos comércio? E isso são coisas boas?

E como se não bastasse, continua:

Tinos também é famosa por seus pombais – que são torres complexas de pedra, com poleiros ornamentais para as pombas.

E então, faz a maior exaltação de uma fonte natural idiota em alguma praça idiota em algum vilarejo idiota, em que os moradores, aparentemente:

Lavam as roupas à mão.

Então, basicamente, acredito poder dizer que meus pais estão me mandando para um lugar onde os peregrinos religiosos, as pombas e os moradores das vilas lavam à mão todas as suas peças íntimas no meio da praça.

E acho que não preciso dizer que as coisas não têm como ficarem piores.

Sem falar que não fiz absolutamente nada de errado para merecer uma coisa dessas, pra começo de conversa. Não entrei em encrenca nenhuma, não fiz nada de ilegal ou ruim, mas, veja só, estou sendo castigada.

Só porque meus pais decidiram acabar com a vida deles e se divorciar não quer dizer que eles podem acabar com a minha vida também. Não basta eles me tirarem de uma casa com pai e mãe, além de me afastarem de sua orientação, estabilidade e segurança?

SERÁ QUE ELES REALMENTE PRECISAM ACABAR COM O MEU VERÃO INTEIRO TAMBÉM???

Parece que sim.

Porque, de acordo com a psicóloga/orientadora de minha mãe, eu preciso ser "afastada de todas as influências negativas", e protegida de "todos os problemas que possam surgir durante esse momento turbulento", para que meus pais possam "resolver seus problemas em particular" e eu possa voltar a uma "casa tranquila". Tudo isso pode parecer bem legal e razoável na teoria, mas olha só: como ela sabe o que encontrarei quando voltar? E como pode garantir que será uma casa TRANQUILA?

E, mais importante, SERÁ QUE EU CONSEGUIREI RECONHECER MINHA PRÓPRIA VIDA QUANDO PUDER RETORNAR A ELA?

Ou será que eles vão mudar tanto de tal maneira que, quando eu voltar, nada mais será familiar?

Porque ontem à noite, quando voltei da casa da Amanda, quase duas horas depois do toque de recolher, preparada para enfrentar problemas, minha mãe e meu pai estavam tão distraídos em uma de suas discussões sem fim que nem sequer perceberam que eu estava de volta, muito menos que eu estava atrasada. Caramba, talvez eles nem tenham percebido que eu tinha saído de casa – é, a coisa chegou a esse ponto.

Enquanto eu passava sorrateiramente pelo quarto de hóspedes do andar inferior (onde meu pai tem acampado nos últimos três meses), e seguia em direção à escada para chegar ao meu quarto, fiquei totalmente paralisada, com os olhos arregalados e o queixo caído quando escutei, com clareza, eles dizerem as palavras – *vender a casa* – *mudar* – e – *Escola Cibernética.*

Nessa. Ordem.

E agora, por causa disso, só consigo pensar nas seguintes coisas:

1) Se eles brigam desse jeito quando saio por apenas algumas horas, imagina a que ponto chegarão quando eu estiver longe há três meses? Muito ruim? Terríveis? Gostaria muito de estar brincando, mas não estou.
2) Mudar? Quem vai se mudar? E mais importante ainda: *para onde??*
3) Que diabos é *Escola Cibernética*? E no que ela tem que ver *comigo*?
4) Se eles se importam tanto com minha "paz de espírito", então, como podem me mandar para uma terra de ninguém – simplesmente me mandarem embora para morar com uma tia, a quem, até duas semanas atrás, eles se referiam como "a maluca da Tia Tally"?

Estou falando sério. Era exatamente assim que eles se referiam a ela, e eles nem riam ao fazer isso. Eles diziam coisas assim: "A maluca da sua tia Tally enviou um cartão de aniversário para você", e então meu pai colocava um envelope azul sobre a mesa. Ou, "a maluca da sua tia Tally fez estes brincos para você", e minha mãe mostrava uns penduricalhos.

E agora, só porque decidiram que não mais toleram um ao outro, que não mais conseguem se comunicar sem gritar, a maluca da tia Tally de repente se tornou a dama de companhia perfeita para o verão?

ELES ESTÃO DE BRINCADEIRA?

E COMO, exatamente, devo sobreviver, durante UM VERÃO INTEIRO, sem carro, sem celular, sem jogos, sem lojas de roupas bacanas, sem festas, sem amigos e sem acesso à internet???

Sem falar que este seria meu melhor verão até agora, que eu esperei por muito tempo. Porque depois de anos sendo ninguém, apenas mais um rosto na multidão, eu finalmente adentrei o círculo de amigos de Amanda Harmon. E não estou falando que fiquei às margens, me segurando na beirada, como todos os outros idiotas; não, estou falando que entrei na Terra Prometida. Estou falando do santuário interno daqueles que têm permissão de ir à casa dela, andar em seu carro e ter uma posição na lista de discagem rápida de seu celular.

Ainda não sei bem como isso aconteceu. Parece que, em um minuto, eu a adorava de longe, desde o ensino fundamental, quando eu fingia rir de seus penteados e trejeitos (mas só porque minha única amiga da época não gostava nem um pouco dela, o que me fazia achar que eu tinha de esconder o fato de que queria ser exatamente como ela), e no seguinte, em um total golpe de sorte que acabou sendo também meu destino, marquei o ponto da vitória em um jogo de vôlei de cinco sets, e, depois disso, ela se aproximou de mim e disse: "Nossa! Ponto perfeito!".

E então, ela me cumprimentou.

Depois, ela elogiou meus tênis Nike novinhos.

E quando me dei conta, já tinha virado sua nova melhor amiga.

Com isso, precisei abandonar minha velha melhor amiga.

Mas como já andávamos meio brigadas, decidi seguir em frente sem olhar para trás.

Bem, tudo isso aconteceu a tempo do que prometia ser o verão mais incrível de todos os meus dezessete anos, sem graça até então, que, agora, por causa de meus pais, seus advogados e a conselheira pessoal de minha mãe, foi editado a apenas uma noite.

Mas, apesar de ter sido uma noite, preciso admitir que FOI bem incrível (não foi à toa que cheguei em casa duas horas atrasada!), e como ela provavelmente será a única noite boa que terei, acho que preciso escrever sobre ela para sempre me lembrar.

Mas não agora, mais tarde. Porque, agora, as comissárias de bordo estão trazendo as refeições e estou morrendo de fome.

17 de junho

Mamãe e papai,

Vocês podem perceber que esta carta está sendo escrita em um guardanapo da Ellas Ferry Lines, manchado de Coca-Cola. Bom, é porque estou, agora, no barco para Tinos. Isso mesmo. NO BARCO. Porque parece que não existe aeroporto em Tinos, o que quer dizer que vocês estão me mandando para um lugar onde os aviões se recusam a aterrissar.

Valeu.

Mas o que vocês não devem ter notado é que os aviões pousam em Mykonos, muitos deles. E isso faz com que eu me pergunte por que vocês não me mandaram para lá. Porque, de acordo com o italiano supergato que veio do meu lado no voo de Atenas a Mykonos (e o namorado dele), NINGUÉM vai para Tinos.

Ninguém além de... pois é: EU.

Minha ideia era usar este guardanapo para me livrar de meu chiclete, mas então percebi que isso impediria que vocês vissem os resultados infelizes de sua decisão.

Com amor.

A filha extremamente infeliz, mas pra quem vocês não dão a mínima....

Colby

DIÁRIO DA COLBY PARA MOMENTOS DE DESESPERO EM QUE A TOMADA É TÃO ESQUISITA QUE ELA NEM AO MENOS CONSEGUE PLUGAR O COMPUTADOR PARA RECARREGÁ-LO

18 de junho

Nem sei que horas são, muito menos em que dia estamos.

Só sei que acabei de acordar e está escuro lá fora, mas não sei bem se é noite ou madrugada. A única coisa que sei é que meu quarto é assim:

Paredes brancas e lisas
Cortinas brancas e finas
Chão de mármore branco
Tapete de pele de carneiro branco no chão de mármore branco
Cama de solteiro com lençóis brancos e cobertor azul-claro
Com criado-mudo com pequena luminária prateada com abajur azul-claro

Então, basicamente, pode-se dizer que parece bem com a vista do assento 37G – nada além de branco, branco, branco e alguns pedaços de azul. E, ah, sim, a tomada é toda esquisita e diferente e se recusa totalmente a cooperar com o plugue de meu computador, e isso me faz tentar imaginar como é o resto da casa. Afinal, mal pude vê-la, porque, assim que a minha tia Tally me mostrou o quarto, eu caí de cara na cama. Em parte, porque eu estava bem cansada da viagem de 22 horas, e em parte porque chorar sempre me deixa exausta.

Isso mesmo, eu chorei.

Em público.

Como a bebezona mais ridícula do mundo.

É que, assim que terminei de escrever aquela carta-guardanapo para os meus pais, fiquei tão irritada, frustrada e triste, que simplesmente comecei a chorar. E apesar de saber que foi idiota, vergonhoso e infantil, não consegui parar. Acho que precisava colocar aquilo para fora, então não pude fazer muita coisa a esse respeito.

Mas quando finalmente me acalmei o suficiente para olhar ao redor, percebi a presença de uma mulher bem velha vestida de preto, e ela estava me encarando sem parar, mas não como uma avó, como seria de se pensar. Então, peguei minhas malas e fui para fora, e fiquei no convés, olhando para o ponto de onde eu havia saído, pensando no que aconteceria se eu simplesmente me virasse e pegasse o primeiro barco de volta a Mykonos, conseguisse um emprego, um lugar para morar, e me estabelecesse sem avisar ninguém sobre onde estava e o que estava fazendo. Simplesmente começar do zero, construir uma vida nova e envelhecer. Não voltar nunca mais.

Queria saber como meus pais se sentiriam SE ISSO ACONTECESSE.

É engraçado, mas pensar em se vingar já faz uma pessoa se sentir melhor. Então, depois de imaginar meus pais malucos de arrependimento, preocupação e culpa a ponto de jurarem parar com essa história de divórcio e me levarem de volta para casa, sequei o rosto e olhei na direção de Tinos, e foi quando percebi que havia um cara bem bonitinho a poucos metros de mim.

E quando pensei – *olha, acho que as coisas estão começando a melhorar, talvez isso não seja tão ruim, no fim das contas*, olhei para as minhas mãos e vi que elas estavam pretas, cheias de manchas de rímel, o que significava que meu rosto provavelmente estava todo preto e manchado de rímel também.

E provavelmente foi só por isso que ele estava olhando para mim, para começo de conversa. Então, corri para dentro à procura do banheiro, para poder me limpar, mas assim que encontrei um, o sinal tocou, e, pela maneira com que todos se apressaram em direção à saída, conclui que havíamos chegado.

Foi estranho como reconheci minha tia logo de cara, apesar de tê-la visto pela última vez quando eu tinha apenas dois anos, e nem me lembro daquela época. Mas foi só olhar pra ela, e eu *soube*. Mas não porque ela parecia uma tia maluca, mas, sim, porque ela se parece muito com minha mãe. Bem, se minha mãe fosse relaxada e feliz, e tivesse o nariz sem retoques, e se deixasse os cabelos loiros se transformarem nos castanhos originais com cachos, e então se vestisse com roupas de praia o tempo todo, e não apenas quando estivesse na praia ou na piscina.

Certo, acabei de olhar para fora de novo e acho que já é manhã, porque o sol está nascendo. Então, acho que vou parar de escrever e sair para ver onde estou.

Vinte minutos depois:

Certo, só sei de uma coisa: consigo ver uma parte de Mykonos daqui. E deixe-me dizer que, mesmo de longe, posso afirmar que é um lugar mil vezes melhor do que aqui.

Estou tão encrencada.

Acho que a Tally acabou de acordar.

Doze horas depois:

Como Passei Meu Primeiro Dia na ~~Prisão~~ Grécia:

1) Acordei (dã).
2) Escrevi no diário.
3) Saí sozinha e descobri que estou cercada por: terra, casas brancas, gerânios, mais terra, pedras, e se esticar o pescoço para um certo lado, consigo ter uma boa vista do mar e de Mykonos – que, pelo que estou vendo, é mil vezes melhor do que aqui.
4) Sobrevivi a um café da manhã bem esquisito com a minha tia Tally, com pão com manteiga e mel, e uma xícara horrorosa de café que, além de ter gosto de lama, ACABOU VIRANDO LAMA quando o deixei parado por muito tempo. É sério! E fiz tudo o que pude para não vomitar aquele primeiro gole (porque isso teria sido grosseiro e nojento). Mas acho que a Tally percebeu, pela minha cara, que eu detestei, porque ela começou a rir e disse que eu não tinha a menor obrigação de beber tudo. E só posso dizer que se o resto da Grécia for tão ruim quanto o café, então, este verão vai ser muito pior do que eu pensava.
5) Durante o café da manhã, Tally tentou conversar sobre o divórcio, mas, felizmente, quando eu disse que aquele não era um dos meus assuntos preferidos, ela parou. E então, começou a falar sobre si mesma e sobre como chegou aqui há quatorze anos e nunca mais voltou. E quando perguntei por que ela não havia escolhido Mykonos, ela balançou a cabeça e disse que não era a sua praia. E, com isso, concluí que ela tem alta tolerância ao tédio, porque, pelo que vi até agora, é só o que este lugar tem a oferecer.
6) Depois do café da manhã, tentei ser educada e ajudar com os pratos, mas Tally simplesmente balançou a cabeça e fez um gesto com a mão para que eu me afastasse; então, voltei para o meu quarto, tomei um banho e desfiz a mala.

7) Depois disso, fomos para a cidade (isto é, se é que podemos chamar aquilo de "cidade", porque mais parece um pequeno vilarejo, mas tudo bem), para a Tally poder me mostrar onde a loja dela (onde ela vende joias e coisas assim), o banco, o mercado e alguns outros lugares estão localizados – apesar de eles estarem todos na mesma ruazinha, um do lado do outro. E quando perguntei onde ficam as lojas grandes, como as de departamento, essas coisas, ela só riu e disse: "Em Atenas".
8) Depois de conhecer a cidade, voltamos para casa e entramos no jipe dela, então ela me levou para passear pela ilha para eu poder ver mais terra, mais gerânios, mais pedras e mais casas brancas.
9) E depois de duas horas disso, ela perguntou se eu queria ir à praia, mas eu só balancei a cabeça e disse que estava cansada por causa da mudança de fuso horário. E apesar de eu não saber bem como é estar cansada por causa de fuso, acho que deve ser algo parecido com tristeza, depressão e desânimo total e completo, então, eu não estava mentindo nem um pouco.
10) À noite, eu saí ~~da minha cela~~ do meu quarto por tempo suficiente para jantar salada grega (~~razoável~~, não, boa, na verdade, mas não ótima) e um ensopado grego que não vou nem tentar dizer o nome, muito menos escrever, mas que tinha gosto de lasanha bem doida. E então, eu disse boa-noite e voltei para a cama.

Fim.

PS: A boa notícia é que eu tenho cerca de mais 75 dias pela frente que prometem ser exatamente como hoje. Oba!!!

Diário da Colby para momentos de desespero em que não há explicação lógica para o que está acontecendo com ela

19 de junho

Bom, parece que minha mãe não estava brincando. E eu não disse isso antes porque esperava que ela e Tally tivessem combinado alguma coisa – um joguinho esquisito. Mas, evidentemente, estou afastada do mundo lá fora. Porque além de minha tia Tally não ter computador nem acesso à internet, ela também não tem televisão. Isso é totalmente estranho, sem falar praticamente impossível de se acostumar. Afinal, apesar de os programas provavelmente serem em grego, que eu não conseguiria entender mesmo, não ter acesso à televisão não parece nada legal.

Mas isso explica bem por que meus pais se referem a ela como *Maluca*.

Mas, infelizmente, não é nem metade do problema, porque, pode acreditar, tem mais. Por exemplo:

1) Ela fala com as plantas. É sério, ela agradece a elas por brotarem, por crescerem e por basicamente fazerem todas as coisas que têm de fazer mesmo. E quando ela me viu olhando para ela, com o queixo nos joelhos, observando sem acreditar enquanto ela sussurrava bobagenzinhas aos gerânios, ela simplesmente se virou e explicou (com seriedade) que elas *têm vida e sentem as coisas*. E apesar de eu não duvidar do fato de terem *vida*, já que todas as folhas são verdes, e não marrons, é a parte do *sentir* que me preocupa. Afinal, sentem exatamente *o quê*? Então, quando perguntei a ela em que idioma elas respondem, se em inglês ou grego, ela só sorriu daquela maneira tranquila e estranha e continuou o que estava fazendo.
2) Ela só guarda o que pode usar. O que me parece totalmente normal, até que ela começou a explicar que juntar e adquirir coisas de que você não precisa *realmente* resulta apenas em "energia acumulada". Isso também quer dizer que assim que termina um livro (e ela lê, tipo, um por dia), ela agradece pelo conhecimento oferecido (pode acreditar, eu queria estar brincando, mas não estou), e então o dá para outra pessoa. A mesma coisa com CDs, roupas, o que você puder imaginar, nada é guardado, tudo é agradecido, abençoado e passado para a próxima pessoa. Assim, a casa é tão simples e vazia que parece que estou vivendo em um mosteiro – mas sem voto de silêncio, já que conversamos (principalmente com as plantas e outros

objetos inanimados). Mas a verdade é que eu não me importaria em fazer voto de silêncio, porque não tenho muito o que dizer mesmo. Principalmente porque estou ocupada demais preocupando-me com a minha sobrevivência pelos próximos 74 dias (estou contando!), para me concentrar em algo tão comum quanto uma conversa qualquer.

3) Ela concorda totalmente com a psicóloga de minha mãe e acha maravilhoso o fato de eu estar escapando da "energia negativa" de meus pais e, também, dando um tempo "no meu vício em computador e foco obsessivo em acúmulos e consumismo em massa". Seja lá o que isso queira dizer.

Olha, ela é legal e tudo, não me leve a mal, e sei que ela tem boa intenção. Mas o que assusta é que ela *acredita* mesmo em todas essas coisas. E ainda que seja bom para ela, a verdade é que foi ela quem ESCOLHEU levar essa vida austera e serena, mas eu NÃO. E apesar de eu ter acabado de chegar, não acho exagero dizer que não está dando certo.

Porque o que a minha tia com certeza não entende é que é essencial para mim manter contato com a Amanda. É sério e completamente crucial que a Amanda NÃO se esqueça de mim enquanto eu estiver longe. Tem muita coisa envolvida na nossa amizade, coisas demais em risco. Se eu quiser me divertir durante o último ano do ensino médio, se eu quiser ir à formatura, às festas e, basicamente, participar de tudo o que vale a pena, então eu TENHO DE MANTER CONTATO PRÓXIMO COM A AMANDA!

NÃO POSSO deixar que ela me substitua por uma interesseira qualquer. Não posso permitir que isso aconteça.

E o motivo pelo qual estou tão preocupada, para começo de conversa, é por saber que Amanda tem a capacidade de concentração menor que a de uma mosca. É sério, ela está sempre pulando de um assunto a outro, incapaz de se manter concentrada em qualquer coisa que seja. Como se tivesse déficit de atenção ou coisa assim. E agora que viajei, tenho medo de que ela encontre outra pessoa, e, quando setembro chegar, todo o meu trabalho terá sido em vão.

Como na sexta-feira, minha última noite na cidade, quando estávamos no quarto dela, folheando revistas e escutando música (que foi tudo o que ela se importou em fazer para a minha grande festa de despedida), e logo depois de eu ler nosso horóscopo em voz alta, ela olhou para mim, semicerrou os olhos e disse: "Espera... aonde você vai, mesmo?".

Sinceramente, nem consegui acreditar. Sabe, eu já tinha dito um milhão de vezes, mas eu também não podia dizer isso. Então, mentalmente, bufei de tédio, prendi meus cabelos compridos e castanhos atrás da orelha e olhei para seu rosto perfeito, que estava emoldurado pelo anel de fumaça perfeito que ela havia acabado de soprar, e então disse: "Grécia".

Depois, observei quando ela deu de ombros, pegou uma mecha grande de seus cabelos loiros tingidos e a enrolou no nariz, passando-a pela ponta fina e levemente arrebitada.

"Não entendo. Por que a Grécia? Por que não para um lugar bom. Sei lá, como Cabo ou Cancun?", perguntou ela, soltando os cabelos e voltando a atenção para as mãos com unhas pintadas à francesinha.

Mas eu só dei de ombros. Sério, não valia a pena explicar que eu só tinha uma tia maluca, que vivia em uma ilha grega sobre a qual ninguém tinha ouvido falar. Mas quando vi Amanda olhando para mim daquele jeito, sabe, com os lábios contraídos e as sobrancelhas erguidas, eu soube que tinha, pelo menos, de tentar explicar. "É uma ilha, e dizem que é linda", eu disse, surpresa ao ver que estava defendendo o lugar. Mas é assim que me sinto quando estou com Amanda, como se tivesse de provar meu direito de existir.

Mas ela só pegou o telefone e o abriu. E quando pensei que ela estava procurando uma maneira de me tirar dali, ela procurou nos contatos e disse: "O Levi vai para a Grécia. Vamos telefonar para ele".

<u>LEVI BONHAM!</u> O menino superlindo que eu tenho desejado desde que me mudei para a minha cidade, quando eu era apenas uma aluninha nerd do sexto ano e ele já era um gato de doze anos, e, por acaso, é o segundo outro enorme motivo pelo qual eu desesperadamente preciso manter contato.

É sério, Levi é o cara mais lindo que já vi (tá, tirando as revistas, a televisão e os filmes), mas, ainda assim, ele é tão incrivelmente gato que chega a ser surreal. Ele é o equivalente à Amanda, só que do sexo masculino.

E, para minha sorte, a Amanda não gosta dele ASSIM, porque se gostasse, eu não teria a menor chance. Mas, por algum motivo, ela é a fim do amigo dele, menos lindo, mas ainda assim uma gracinha, o Casey Sayers. E ela só precisou fazer um telefonema e, cinco minutos depois, como se fosse mágica, eles apareceram.

E não é que eu nunca estive com o Levi, porque, desde que comecei a sair com Amanda, tenho tido acesso a uma série de coisas com as quais eu só sonhava antes. Mas, apesar disso, nunca trocamos mais do que algumas palavras, ou, no caso dele... resmungos.

Isso mesmo, por mais que eu considere o Levi Bonham perfeito, tenho de admitir que ele tem um pequeno defeito: não é de falar muito, gosta mais de resmungar. Mas quando se é tão lindo, nem precisa saber conversar.

Mas como não sou nada bonita, já que sou bem comum (certo, talvez eu seja um *pouquinho* melhor do que comum, já que sou mais ou menos magra, e minha pele é mais ou menos clara, e meus cabelos são só castanhos e normais, e nada em meu rosto se destaque como superpositivo ou supernegativo – o que me torna o oposto da Amanda, loira, bronzeada e de olhos azuis), sou meio forçada a saber conversar. Porque, no meu caso, aparecer e ficar calada não basta. Isso quer dizer que, nas poucas vezes em que nos encontramos, fui forçada a trabalhar dobrado só para tentar fazer com que ele desse risada, o que foi totalmente impossível, até eu tropeçar sem querer e cair em cima da mesinha de canto, o que fez com que ele se curvasse para a frente e perdesse o fôlego de tanto rir, durante cinco minutos. Mas no resto do tempo depois disso, fiquei tentando fazer um monte de perguntas a respeito de seus esportes preferidos, carros favoritos e todos os tipos de outras coisas que ele obviamente curte, mas com as quais eu não me importo nadinha.

Mas, ainda assim, o máximo que consegui foi alguns resmungos e um murmúrio ou outro.

Até a última sexta-feira, quando:

EU FIQUEI COM LEVI BONHAM!

Foi assim, um minuto eu estava sentada no sofá, meio desconfortável, fingindo que assistia à televisão enquanto a Amanda e o Casey faziam sabe-Deus-o-quê lá no quarto dela, e, quando vi, LEVI BONHAM ESTAVA BEM EM CIMA DE MIM!

Mas não foi nada agressivo nem rude, nada disso. Foi até bem romântico o jeito bonitinho com que ele fingiu que ia pegar seu copo, mas deu um jeito de me dar um beijo na boca.

E apesar de ter sido meio estranho no começo, porque não sabíamos bem o que fazer com os lábios e as línguas, não demorou muito para eu me ligar na maneira como ele beija, e só sei que, quando olhei no relógio de novo, já estava duas horas atrasada para voltar para casa.

Essa não é bem a verdade.

Porque a verdade é que eu estava meio preocupada com o horário de voltar para casa o tempo todo. Ainda que beijar Levi tenha sido um momento maravilhoso, um sonho realizado, a verdade é que eu não conseguia parar de pensar nos meus pais – pensando se eles ainda estavam brigando, pensando se eles já tinham se matado (é brincadeira, mas nem tanto).

Mas agora, pensando bem, gostaria de não ter pensado em tudo isso. Sabe, eles nem perceberam que eu tinha saído, e acabei desperdiçando boa parte de minha Experiência Levi Bonham preocupada com duas pessoas que, obviamente, não se preocupam muito comigo.

Mas depois de ele tentar tirar meu vestido pela décima vez seguida, apontei para o meu relógio e disse que precisava ir embora. E quando vi o modo com que ele rolou os lindos olhos azuis ao sair de cima de mim, eu pensei:

O que você está fazendo, Colby? Ei, hellooo, *esta é a sua grande chance, o momento pelo qual você estava esperando! E daí se você não o ama? O amor não dura mesmo – veja os seus pais! Sem falar que você vai se arrepender totalmente se deixar que ele escape!*

Então, eu segurei a mão dele e disse: "Tá bom, acho que posso ficar mais alguns minutos".

E, no fim, só durou alguns minutos mesmo.

Porque assim que acabou, ele já estava abrindo outra cerveja antes mesmo de eu ter ajeitado meu vestido, e quando finalmente fiquei de pé e peguei a minha bolsa e as chaves, uma parte de mim não sabia exatamente se aquilo tinha, de fato, acontecido.

Acho que sempre pensei que O Grande Momento seria... bem, maior.

E melhor.

E muito mais especial do que foi.

E acho que por isso eu fui deixando de lado e só escrevi sobre isso agora. Sabe, no começo da noite, quando começamos a nos beijar, eu abria o olho esquerdo de vez em quando para olhar para ele, para poder confirmar que, sim, por mais difícil que fosse de acreditar, eu, Colby Catherine Cavendish, estava totalmente atracada, trocando saliva e brincando de hóquei de tonsila com o cara mais gato da escola. E quando vi os olhos dele bem fechados, e seus lábios bem pressionados contra os meus, fiquei pensando que era a menina mais sortuda do mundo.

Apesar da voz irritante em minha mente: *por que* VOCÊ, *Colby*?

Você não é horrorosa, mas também não é exatamente linda. É esperta, mas ele não liga para isso. O fato de você ser amiga de Amanda não significa que você é bacana. Então, dentre todas as garotas que ele conhece, dentre todas as garotas superlindas com quem ele poderia estar trocando amassos neste exato momento, POR QUE VOCÊ*?*

E, sinceramente, eu não soube responder.

E ainda não sei. Apesar de estar decidida a não mais falar sobre isso.

Porque mesmo que ele estivesse apenas entediado na sexta à noite e procurando algo para fazer, não explica por que, segundos antes de minha partida, ele enfiou a mão em uma tigela de Doritos, pegou um punhado, olhou bem nos meus olhos e disse: "Ei, pode ser que a gente se veja na Grécia. Talvez eu faça um cruzeiro por lá ou algo assim".

Mas isso explica por que eu pretendo passar o verão todo no cybercafé, esperando qualquer tipo de contato ou notícias a respeito da chegada dele.

Esperando por uma prova de que não perdi a virgindade com alguém que pode me esquecer.

20 de junho

Querida tia Tally,

Se você vier para casa para ~~almoçar~~ *cochilar e eu não estiver aqui, é porque fui ao cybercafé. (Sim, eu encontrei! Apesar de saber que você preferiria que eu não tivesse encontrado!) E isso quer dizer que eu provavelmente não voltarei a tempo de ir à praia com você hoje, e espero que não fique chateada com isso.*

Bom, só queria que não se preocupasse comigo, porque acho que você deve ter percebido que sou bastante autossuficiente, muito independente, e não preciso de tanta supervisão. O que quer dizer que você pode cuidar de suas coisas e agir como se eu não estivesse aqui, porque não pretendo ficar em casa por muito tempo agora que sei que existe o cybercafé.

Certo, bem, tenha um bom dia...

Com amor,

Colby

20 de junho

Mamãe e papai,

Me desculpem por não ter escrito antes, acho que o tempo voa quando não estamos nos divertindo.

Não se deixem enganar pela imagem deste cartão-postal, porque a verdade é que aqui não é tão lindo e eu ainda não fui à praia.

Se por acaso estiverem repensando sua decisão, ou se estão arrependidos por terem me mandado para cá, gostaria de informá-los de que estou disposta a voltar a qualquer momento sem qualquer ressentimento, sem fazer qualquer pergunta.

É sério, palavra de escoteira.

Mas se insistirem em manter a decisão, se não sentem qualquer culpa, remorso, arrependimentos, preocupações e se não questionam suas atitudes, então, só tenho uma coisa a dizer:

Eu, Colby Catherine Cavendish, juro dar a vocês (meus pais) guarda compartilhada deste cartão-postal para que passem fins de semana e feriados alternados com ele, livrando-os do peso de se reunirem em um local neutro e predeterminado, com seus respectivos advogados, que cobrariam milhares de dólares para cortá-lo ao meio e entregar uma parte a cada um de vocês – uma parte igual.

Com amor,

Sua ex-filha, agora órfã...

Colby

`20 de junho`
`Para: AmandaStar`
`De: ColbyCat`
`Re: Ya'Sou!`

Oi, Amanda,

C não sabe o que Ya'Sou quer dizer, significa oi & tchau aki na Grécia, + ou – como Aloha, no Havaí. Pelo menos, axu q é issu!

Bom, só qria dizer oi, já q tô tããão ooo longe d vcs e não qro q me esqçam! ☺

Ainda tô pensando na sexta, pq foi mtooooo divertido e eu podia ter ficado +, pq ninguém nem notou q eu tava atrasada. Blz.

Diga oi ao Levi por mim e p ele me mandar msg p dizer se vai vir para cá mesmo.

Mas não diga a ele sobre o cara lindo d morrer q sentou do meu ladu no avião p a Grécia! ☺

Té +,

Colby

PS: Ah, é, quase esqci de dizer q estou começando 1 blog p vcs verem minhas fotos e tals. Então, pode olhar e não esqce de avisar o Levi!

VERÃO CRUEL

Perfil:

Nome – Colby Catherine (Cat)

Idade – 17

Sexo – apenas uma garota

Símbolo – paz

Indústria – adolescência

Profissão – prisioneira na Grécia

Localidade – Tinos, vinda da ensolarada Califórnia

Sobre mim:

Sou uma menina de dezessete anos que está sendo castigada por seus pais. Afastada de tudo que conhece e ama e pronta para passar o verão em uma ilha grega – que, pode acreditar, é muito pior do que você pode imaginar.

O objetivo deste blog é poder documentar o verão mais horroroso de minha vida toda, e compartilhar algumas fotos (acho que elas serão provas!) ao longo do caminho.

Interesses – Ir para casa imediatamente!

Filme preferido – O melhor filme de todos, que não tem pra ninguém, não importa se é velho – **Bonequinha de Luxo**. Apesar de o fim no livro ser bem mais realista do que no filme, por não ser todo bobinho e melado, ser mais parecido com a vida real, e não como Hollywood, retrata a vida real. Mas, ainda assim, Holly Golightly arrebenta!

Música preferida – Hum, isso muda o tempo todo, mas a minha preferida de todas provavelmente seria aquela canção "Breathe" (não me julguem!), porque ela resume minha visão da vida, que é: coisas ruins acontecem, as pessoas traem você, erros são cometidos, pais se divorciam e, no fim, você não pode fazer nada para apagar as coisas, não pode voltar, não pode retroceder; a única coisa que você pode fazer é respirar. (E se você não conseguir fazer nem isso, então não importa muito, não é?) E não, não estou sendo negativa, apenas realista.

Livro preferido – Além de **Bonequinha de Luxo**, tenho de dizer que adoro ler de tudo, menos aqueles romances CHATOS, enormes, que nunca terminam, escritos por velhos russos mortos que os professores de língua inglesa adoram passar e sobre os quais pedem trabalhos! Mas, tirando isso, são quase todos bons!

VERÃO CRUEL

20 de junho

Hum, testando, 1, 2, 3, testando... certo, este é o pontapé inicial para o meu projeto de blog de verão, em que compartilharei todas as coisas que por acaso forem maravilhosas, mas provavelmente postarei mais coisas horrorosas e chatas que estou fazendo e vivendo aqui na ilha grega de Tinos, famosa por seus peregrinos religiosos e pardais, e nada mais.

Mas já que, até agora, não tenho feito muita coisa (ou seja, não desfiz a mala, não dormi, e procurar um lugar de onde postar não é um assunto que valha a pena abordar), decidi compartilhar algumas fotos, para que vocês tenham uma ideia das coisas que estou enfrentando aqui. Prontos? Aqui vai.

1) Este é o lado de fora da casa de minha tia Tally, onde estou. E, acreditem ou não, as casas são exatamente assim. É sério, elas são todas quadradas, com paredes brancas e portas e janelas coloridas, e são simples e não fazem sentido. E isso é totalmente o oposto do que estou acostumada a ver em casa.
2) Este é meu quarto – de novo, observem todo o branco. Eles adoram branco aqui. Mas, felizmente, a cama é bem mais confortável do que parece. É bem mais estreita do que a minha cama de casa, mas, pelo menos, o travesseiro é meio decente. Além disso, observe o "olho malvado" pendurado acima de minha cama. É para que eu não seja atingida por "mau-olhado". Sabe, para que eu não seja amaldiçoada por uma pessoa invejosa, odiosa, com má intenção (e pode acreditar, isso é algo que os moradores da região levam a sério com uma ameaça ao bem-estar de uma pessoa). E só posso dizer uma coisa a esse respeito: <u>SE VOCÊ É LOUCO O SUFICIENTE PARA SENTIR INVEJA DE MIM, ENTÃO, É MAIS DO QUE BEM-VINDO PARA FICAR NO MEU LUGAR, PARA EU PODER VOLTAR PARA CASA E RETOMAR MINHA ROTINA DE SEMPRE!</u>
3) Se você acha que só está vendo uma foto de uma senhora vestida toda de preto em cima de um burro,

preste mais atenção. Perceba o cesto pendurado na anca do burro. Adivinha? Está cheio de ovos. Isso mesmo, senhoras e senhores, é assim que compramos ovos em Tinos. Por meio de burros. Entregues frescos, bem na sua porta.

4) Está vendo essa bola laranja e derretida? É uma gema de ovo. Vocês já viram uma cor assim? Eu nunca vi.

5) Esta é uma foto do cybercafé onde estou passando a maior parte de meu tempo livre, enviando e-mails, navegando na internet e escrevendo neste blog. Observem as paredes brancas e as janelas verdes, e então voltem e releiam o item 1, para que vejam que tudo o que leem neste blog é verdadeiro e que não estou inventando nada.

6) Esta é a mesa em que me sento e bebo meu frapê – que parece um café espumante e pré-histórico do Starbucks; parece, mas não chega nem perto no sabor, mas estou me acostumando, principalmente porque não tenho opção. Assim como estou tentando me acostumar com tudo por aqui, porque, pode apostar, tudo está bem estranho e diferente e, bem, <u>DESCONHECIDO</u>. E apesar de eu saber que as coisas são assim mesmo quando viajamos para outro país, saibam que eu não pedi para vir aqui. Eu estava totalmente bem e feliz em casa, e não estava nem um pouco a fim de viver novas experiências.

7) É nesta cadeira em que me sento enquanto navego na internet, envio e-mails, escrevo cartas e cartões-postais, e onde escrevo no blog. Perceba que ela é feita de madeira, que fica <u>MUITO</u> desconfortável depois de duas horas que passo sentada. E eu devo saber, já que estou passando muito tempo sentada

(leia mais acima como passo o meu tempo livre). E cheguei ao ponto de pensar em trazer uma almofada, já que o Petros se recusa a me dar uma.

8) Aqui está uma foto de Petros, ele é o dono deste café. Você poderia pensar que ele fica feliz por ter uma cliente assídua, mas todas as manhãs, quando chego, ele olha para mim, balança a cabeça e diz: "Você está branca demais. Deveria sair para pegar uma cor. Isso não é bom, não faz bem pra saúde". E, então, digo a ele que não é assim que ele deveria tratar um cliente, e que, por favor, traga um frapê, porque tenho a minha vida on-line da qual cuidar. E então, nós dois rimos, e ele traz a minha bebida, mas fica claro que não estava brincando e que realmente não concorda com a minha atitude.

9) Aqui está uma foto da loja de minha tia Tally. Fica no centro, a poucas casas daqui, no fim da rua. Ela faz joias e camisetas e as vende aos turistas. Também vende um pouco do artesanato do namorado dela (Tassos) e algumas esculturas, mas são poucas peças, já que a loja é meio pequena, como se vê. Eu ainda não o conheci, porque ele não está na cidade. E não fico muito tempo na loja dela porque costuma estar sempre cheia, e eu acabo com a sensação de que estou atrapalhando.

10) Esta é a minha tia Tally sentada na varanda, observando o pôr do sol e bebendo uma taça de vinho. A maioria dos pores do sol aqui é linda assim – uma mistura de roxo, laranja e vermelho, manchando o céu até o mar. Mas você se acostuma depressa.

11) Aqui está o vento Meltemi. Sim, o vento aqui é tão forte, que não só tem um nome, como também é

possível fotografá-lo. Veja estes arbustos em movimento e as ondas gigantes de poeira. Bem, saiba que ele sopra deste jeito praticamente todos os dias! A tia Tally se refere a ele como "ar-condicionado da natureza", e diz que ficamos suando como loucos quando ele para. Só sei que quero que pare.

12) Opa, não tem a 12. Está feliz? Porque este blog é realmente <u>RIDÍCULO</u>, pode acreditar, eu sei.

Mas, por favor, acompanhe, porque nunca se sabe, as coisas podem melhorar (apesar de eu duvidar muito!).

Comentem, por favor!

Colby

21 de junho

Querida Tally,

Desculpa, mas não vou à praia hoje, fui no café.

Espero que tenha um bom dia...

Com amor,

Colby

21 de junho

Para: AmandaStar

De: ColbyCat

Re: Oi!

AI, MEU DEUS, essas fotos que vc mandou de sua festa SÃO HILÁRIAS! Elas me fizeram sentir taaaaanta saudade! E não, Petros do café NÃO é meu namorado, pq, pfv, ele tem 40 anos, e pode acreditar, vejo caras muito mais lindos aki! E também, não, a maioria dos caras aki não tem bigodes como aquele, só os velhos.

Por falar nisso... qria saber se VC tem notícias do Levi. Deu meu e-mail p ele? E sabe se ele ainda vem p cá naquele cruzeiro? Se conversar com ele, diga p me mandar msg. Pq estou enlouqcendo aki sem carro, sem telefone, sem lojas boas, sem fast-food etc. etc. etc., e eu preciso manter contato c todos os meus amigos, pq tenho a impressão de que estou longe, em outro planeta!

Além disso, quem era aqla menina perto dele na foto? Aqla da piscina. Vc conhece ela? Pq ela parecia toda a fim dele. ☹

Bom, té +. Sdds!

Colby

DIÁRIO DA COLBY PARA MOMENTOS DE DESESPERO, COMO QUANDO A ENERGIA FALTA POR TANTO TEMPO QUE O CYBERCAFÉ FECHA PARA UMA *SIESTA* AINDA MAIS CEDO DO QUE O NORMAL

21 de junho,

Hum, desculpa, mas eu sou a única por aqui que se preocupa com o modo como a água quente inexplicavelmente acaba no meio do meu banho, como a eletricidade funciona apenas quando quer (quase nunca), e como tudo neste lugar maluco fecha entre duas e cinco da tarde?

Porque hoje, mais cedo, eu estava no café, abrindo meu coração no blog e cuidando da minha vida, quando, de repente, ______________________.

Isso mesmo, as luzes se apagaram, o computador também (assim como a minha bateria), ou seja, um apagão total, um momento de escuridão. E além de ter perdido o post que estava escrevendo (que estava excelente, com certeza a melhor coisa que já tinha escrito, mas ninguém vai ter provas disso), quando olhei para Petros e levantei as duas mãos, no sinal universal de – *O que está acontecendo?*, ele só deu de ombros e disse: "Não tem problema, calma, relaxa, vai voltar".

E depois do que me pareceu uma hora de "relaxamento", a energia ainda não tinha voltado. Mas ele não me pareceu muito incomodado. Na verdade, ele me pareceu quase feliz, porque simplesmente me tirou dali – sério, ele veio em minha direção, segurou-me pela manga e me levou até a porta (com um sorrisão estampado no rosto, devo acrescentar!). Em seguida, ele virou a placa da porta de "Aberto" para "Fechado" (bem, está em grego, mas acho que é isso o que está escrito), me empurrou para fora, trancou a porta e eu fiquei ali, no meio da rua, em um estado total de choque, observando enquanto ele praticamente saltitava rua baixo, feliz por estar indo fazer sei lá o que ele faz entre as duas e as cinco da tarde.

E como estou aqui há pouco tempo, eu não soube o que fazer. Afinal, normalmente, eu passo os dias indo e vindo do meu quarto na casa de minha tia até o café. Mas, dessa vez, sem saber o motivo, senti vontade de dar uma volta. Então, caminhei pelo porto e estava pensando em parar para tomar mais um frapê em um daqueles cafés bonitinhos com mesas na calçada, mas como não me senti à vontade pensando em me sentar sozinha como uma grande fracassada solitária e sem amigos (apesar de ser exatamente isso mesmo), decidi ir à loja de minha tia Tally, onde ela vende suas joias e outras coisas que ela faz para os turistas. Mas apesar de ter se mostrado feliz por me ver, logo vi que ela estava muito ocupada, então eu só me despedi e segui de volta para casa, olhando através do porto, para Mykonos, sabendo, só de olhar, que havia eletricidade ali, e enquanto isso fui me perguntando, de novo, por que, <u>POR QUE</u> eu tenho de ficar presa neste lugar terrível e primitivo.

E enquanto eu caminhava pela estreita rua de terra que leva à casa, dois caras passaram por mim em uma Vespa bem antiga, aproximando-se tanto que quase encostaram em mim. É sério, cheguei a sentir a manga da camisa deles raspar na minha quando passaram. E quando eu estava prestes a gritar alguma coisa, o cara que estava na garupa se virou e sorriu.

E eu parei e fiquei olhando, sabendo que o reconhecia de algum lugar. Mas de onde, eu não conseguia imaginar, porque não vou a lugar nenhum que não seja a casa de minha tia e o café, o que quer dizer que não conheço ninguém além de minha tia Tally e de Petros.

Mas só quando cheguei ao quarto, deitei na cama e olhei pela janela, percebi que ele era o cara bonitinho que eu vi no barco.

22 de junho

Querida mamãe,

Eu sei que o papai saiu de casa, mas como ainda não tenho o endereço dele (provavelmente porque ele ainda não me enviou), espero que você ou seus advogados (sim, recebi a carta na qual você me conta que você e o papai estão se comunicando apenas por meio dos advogados) possam passar esta carta a ele.

E se por acaso ficou curiosa, eu estive na praia que aparece na parte da frente deste cartão-postal, e ela é exatamente assim – sem lojas, sem bares, sem restaurantes, sem calçada – nada além de areia e água. Mas ainda assim, ela é bonita – se você gosta de paisagens sem nada, desse jeito.

Por favor, não se esqueça de passar isto ao papai, está bem?

Com amor,

Sua filha que está fazendo o melhor que pode para se adaptar à situação em que vocês a colocaram,

Colby

22 de junho

Para: AmandaStar

De: ColbyCat

Re: Oi!

Oi, Amanda,

Então, e aquela Penélope? Aquela da foto q estava toda em cima do Levi? Ela estuda em outra escola? Pq eu não conheço ela e qria saber, mas vc não disse nada.

Bem, todas as minhas novidades estão no blog, então, leia e comente!

Espero sua resposta!

Tchau...

Colby

PS: Notícias do Levi???

VERÃO CRUEL

24 de junho

Bom, esta é uma foto minha (dã!) com minha tia Tally e o namorado dela, Tassos, que eu acabei de conhecer porque ele estava fora da cidade na semana passada, "a trabalho". Mas, para ser sincera, acho que ele só estava tentando dar um pouco de tempo para que eu e minha tia nos conhecêssemos antes de entrar em cena.

É engraçado como eles se parecem irmãos, não é? Os dois são bronzeados, têm cabelos escuros e ondulados, têm olhos castanhos e, hum, nariz grande (não estou criticando, apenas fazendo uma observação). Mas sei que eles não são parentes, porque ninguém na árvore genealógica é grego, mas o Tassos é. Ele é daqui, natural de Tinos. Bom, eles estão juntos há cerca de doze anos, mas não se casaram e não parecem se dar conta de que não são casados. Eles agem como se fossem casados (só não brigam), então quando perguntei por que eles não se casam logo, os dois deram de ombros e ao mesmo tempo responderam: "Não é necessário". E então, pensei em meus pais que, apesar de estarem ocupados tentando se descasar, ainda não conseguem parar de gritar e berrar um com o outro, e eu também simplesmente dei de ombros.

Sei lá, talvez eles tenham razão, já que tudo é tão temporário, já que tudo tem um começo, meio e fim. Então, talvez seja melhor deixar a porta aberta, já que nunca sabemos quando precisaremos usá-la.

Bom, eu já me esqueci do nome desta praia, mas acho que isso não importa, porque ninguém a conheceria, e eu não saberia escrever o nome certo – em qualquer alfabeto que seja. Apesar de todo mundo dizer que o grego é um idioma fonético, assim que vejo aquelas letras bizarras, eu me perco. Mas a única coisa que vocês precisam saber sobre esta praia é que ela não tem absolutamente <u>NADA</u> a ver com as praias dos Estados Unidos. É sério.

Para começo de conversa, todas as praias aqui são apenas praias. Elas não ficam cheias de barracas de comidas, lojas e academias, como a maioria das norte-americanas.

Em segundo lugar, há criaturas vivas e que vivem no mar que podem ser encontradas bem perto da praia, o que é bem diferente do que ocorre nas nossas praias.

Então, assim que estendemos a toalha na praia e começamos a nos acomodar, o Tassos me entregou pés-de-pato, uma máscara, um snorkel e um saco grande de rede, e disse que eu deveria ficar perto, mas não perto demais. E quando entramos na água (e, devo dizer, nadar aqui é muito mais fácil, já que não há ondas; é sério, a água é completamente parada), coloquei meu equipamento e fiz o melhor que pude para acompanhar o Tassos enquanto ele nadava passando pelas rochas, procurando polvos e ouriços-do-mar, o que, para ser sincera, duvidei que encontraríamos, porque foi estranho pensar que havia polvos por aqui, já que sempre penso que eles ficam BEM MAIS LONGE, como em lugares que se pode alcançar apenas com barcos ou submarinos, e não em lugares aos quais se pode chegar com um snorkel e um par de pés-de-pato. Mas, acredite ou não, havia muitas criaturas ali e eu as observei maravilhada, e Tassos conseguiu pegar três delas, só COM AS MÃOS (!), e então as colocou dentro da rede que eu estava carregando.

Também gostaria de dizer que durante todo o tempo em que Tassos e eu estávamos nadando, minha tia Tally ficou deitada na praia, lendo um de seus vários livros, FAZENDO TOPLESS!

Juro!

E pode acreditar, eu queria estar brincando, mas pelo que tenho visto aqui até agora, quase todo mundo faz topless na praia.

Bom, todo mundo, MENOS EU!

E não acho que farei um dia. Sei lá, é estranho demais, e me deixaria pouco à vontade. Mal consegui olhar para a minha tia, até que chegou a hora de irmos embora e ela vestiu a camiseta de novo.

Então, mais tarde, quando voltamos para casa, tomamos banho, coisa e tal, Tassos preparou o polvo e fez uma grande salada grega, enquanto eu ajudava a tia Tally a descascar um monte de batatas para podermos fazer fritas caseiras. E então, eles serviram um pouco de vinho (sim, até deixaram eu beber uma taça!) e colocaram um CD dos Beatles (ah, sim, esqueci de dizer que ela não tem problema nenhum com música, só com a televisão), e comemos lá fora e cantamos aquela música antiga, "Here Comes the Sun".

Apenas mudamos as palavras, e cantamos "There Goes the Sun", "lá vai o sol", porque, enquanto comíamos, vimos o sol se pôr. E ainda que pareça bem bobo e chato (sim, foi totalmente bobo), de alguma maneira bem estranha, também foi meio divertido. Mas as coisas são tão chatas aqui, que isso é o melhor que se pode esperar.

A única coisa ruim é que eu só consegui vir ao cybercafé agora. E como já está bem tarde, Petros passou os últimos cinco minutos fazendo o sinal internacional de "vazar" – ou seja, agora ele está perto da porta e acenando para que eu saia. E isso também quer dizer que, daqui a trinta segundos, ele vai se aproximar de mim e me agarrar pela manga da blusa.

Eu juro que o atendimento ao cliente aqui é um lixo!

Bom, antes de ir embora, preciso dizer que, na última foto, estou comendo polvo – e eu sei que provavelmente não precisaria explicar, mas, mesmo assim, é meio difícil acreditar. Olha, nunca pensei que esse dia chegaria, porque... eca!

E pode acreditar, só estou sorrindo porque Tassos estava com a câmera e eu não queria que ele se sentisse mal.

Além disso, é como dizem: "Se estiver na Grécia, faça como os gregos...".

Certo, o Petros já está puxando a manga da minha blusa, dizendo alguma coisa em grego. E apesar de não saber o que ele está dizendo, não parece ser nada bom. Então... boa noite!

Por favor, por favor, deixem comentários!

Colby

25 de junho

Querido papai,

Obrigada por finalmente enviar seu novo endereço, mas preciso dizer que é muito estranho imaginar que você está morando em um apartamento. Dá para escutar os vizinhos do andar de cima? E ele é grande? Tem um quarto para mim, para quando eu for visitá-lo?

Além disso, eu estava pensando – agora que você está oficialmente fora de casa e vocês não estão mais brigando, exceto por meio dos advogados, talvez eu já possa voltar para casa. E não é só porque estou com saudade de casa (ainda que não possa mentir, papai, porque estou), mas acho que a mamãe pode estar precisando da minha ajuda nesse momento difícil. Sei lá, como vocês se recusam a conversar, provavelmente não saibam disso, mas na última carta que ela escreveu para mim, eu senti sua solidão, e eu acho que ela pode estar precisando de mim.

Mas quero deixar claro que estou dizendo isso de modo confidencial, porque tenho certeza de que ela não gostaria que você soubesse. Então, vamos manter esse assunto em segredo e, por favor, não me faça dizer nada disso ao seu advogado ou ao dela.

Se quiser, pode me mandar a passagem ou providenciar para que eu a retire no balcão da companhia aérea.

De qualquer modo, tenho certeza de que a tia Tally vai entender.

Até mais...

Com amor,

Colby

25 de junho

Querida mamãe,

Só queria dizer que espero que você se divirta em seu retiro de yoga!

Além disso, eu estava pensando – agora que o papai está oficialmente fora de casa e vocês dois não estão mais brigando, exceto por meio dos advogados, talvez eu já possa voltar para casa. E não é só porque estou com saudade de casa (ainda que não possa mentir, mamãe, porque estou), mas acho que o papai pode estar precisando da minha ajuda nesse momento difícil. Sei lá, como vocês se recusam a conversar, provavelmente não saibam disso, mas na última carta que ele escreveu para mim, eu senti sua solidão, e eu acho que ele pode estar precisando de mim.

Mas quero deixar claro que estou dizendo isso de modo confidencial, porque tenho certeza de que ele não gostaria que você soubesse. Então, vamos manter esse assunto em segredo e, por favor, não me faça dizer nada disso ao seu advogado ou ao dele.

Se quiser, pode me mandar a passagem ou providenciar para que eu a retire no balcão da companhia aérea.

De qualquer modo, tenho certeza de que a tia Tally vai entender.

Até mais...

Com amor,

Colby

26 de junho
Para: AmandaStar
De: ColbyCat
Respondeu: Hum, você se lembra de mim?
Ei, Amanda,
Só tô escrevendo p dizer oi, pq há mto tempo vc não escreve!
Não se esqceu de mim, né? ☹
Espero q esteja td bem...
Tô ótima!
Tá, nem tanto, pq tô c mtas sdds de casa!
Escreva!
Colby

VERÃO CRUEL

26 de junho

Eu pretendia postar um monte de fotografias desse festival ao qual Tally e Tassos me arrastaram, mas como, aparentemente, não tem ninguém nem comentando neste blog, muito menos lendo, não vou me dar o trabalho. Afinal, para quê?

Mas para que vocês saibam o que estão perdendo, um festival dos nomes é uma grande festa para homenagear os gregos que têm nomes de santos (que, pode acreditar, são quase todos). E como todo dia do ano é dedicado à memória de um santo, todos celebram o dia de seu santo como se fosse um aniversário, com leitão assado, música e **baklava** (que parece uma sobremesa estranha, supercrocante e carregada de mel), com outras delícias variadas.

E se estiver pensando (apesar de eu saber que provavelmente não está) nos poucos infelizes que não têm nome de santo, bem, eles também comemoram o dia de Todos os Santos, que ocorre depois da Páscoa Grega (sim, eles têm uma Páscoa separada aqui).

Bem, desejo a vocês um verão quente, maravilhoso e extremamente animado.

Porque o meu está sendo bem o oposto.

Colby

DIÁRIO DA COLBY PARA MOMENTOS DESESPERADOS EM QUE ELA ESTÁ TÃO DEPRIMIDA QUE SE RECUSA A SAIR DO QUARTO

27 de junho

Aqui está uma lista de pessoas CHATAS e as razões MUITO VÁLIDAS:

1) Amanda – Além de não ter respondido aos meus dois últimos e-mails, ela também ainda não deixou um comentário no blog, e isso me faz pensar que ela não o leu depois da primeira vez, e, mesmo assim, ela só quis me provocar perguntando sobre aquela foto do Petros, e rindo do bigode dele, e perguntando se eu estava a fim dele, um monte de coisas grosseiras desse tipo. Isso me leva a acreditar que ela não é a amiga que eu ~~pensei~~ queria que fosse.

2) Levi Bonham – Nenhum e-mail. Nenhum contato. Nenhum comentário.

3) Penélope – Não preciso CONHECÊ-LA para saber como é idiota. Aquela foto dela pendurada no Levi naquela festa à qual não fui (porque estou presa AQUI!) valeu mais do que um trilhão de palavras.

4) Minha mãe... bom, por onde posso começar?

5) Meu pai... idem.

6) Tinos – Sim, eu sei que Tinos é uma ilha, e não uma pessoa, mas também não é Mykonos, ou seja, é uma droga. Uma droga total e completa. Sobrou pra mim parar na ilha mais entediante do planeta.

~~7) Tally~~
~~8) Tassos~~

Bom, eu risquei Tally e Tassos da lista porque acabo de perceber que eles não são chatos. Sim, admito, eles são um pouco estranhos, com toda aquela história de conversar com plantas, meditar, coisas hippies, música e amor. Mas, ainda assim, eles não me irritam muito. Porque, na verdade, eles me deixam em paz.

Por exemplo, como está acontecendo neste momento. Estou, basicamente, há dois dias enfiada no meu quarto, e a única coisa que a Tally fez até agora foi espiar aqui dentro de manhã e perguntar: "Ei, não vai ao cybercafé hoje?".

E então, eu só dou de ombros, suspiro, rolo os olhos, e olho mais um pouco para o teto.

E então, ela responde: "Bem, só queria avisar que Tassos está indo para o estúdio dele. (Ele é artista, faz esculturas de mármore e peças de cerâmica e coisas assim. Ele também é muito bom no que faz, meio famoso, pelo menos no mundo de esculturas de mármore e cerâmica.) E eu estou indo para a loja, mas nós dois estaremos de volta perto das duas, se por acaso você quiser ir à praia. Mas se não quiser, tudo bem também".

E o mais engraçado é que ela disse tudo isso como se eu ainda não tivesse memorizado a rotina deles. Afinal, todos os dias são bem iguais: eles trabalham de manhã, param às duas para irem à praia, voltam para casa e almoçam algo que Tassos tenha conseguido pegar e qualquer coisa que esteja madura na horta de Tally, e então tomam um banho rápido e voltam para trabalhar por mais algumas horas, e então voltam para casa para jantar tarde, quando normalmente convidam vários amigos.

E apesar de parecer uma vida boa (isso se você gostar de coisas simples, básicas, e se tiver alta tolerância por momentos de silêncio com muito tédio no meio), e apesar de eu às vezes aceitar ir à praia com eles, nos últimos dois dias, decidi não ir.

Afinal, para quê?

Qual é o sentido de qualquer coisa que esteja aqui?

Porque a verdade é que:

1) Amanda me esqueceu, o que significa que meu último ano de ensino médio será terrível. Significa que meu esforço foi em vão. Significa que minha tentativa de me tornar popular foi por água abaixo. Significa que agora voltei a ser uma aspirante ridícula que não se destaca em nada. Significa que, quando eu for ao encontro de classe daqui a dez anos, todo mundo vai perguntar: "Colby? QUEM é Colby? Você estudou conosco mesmo?".
2) Levi se esqueceu de que eu existo. Porque apesar de ter me atrasado para voltar para casa, e apesar de eu ter dormido com ele, ainda assim recusei a tirar meu vestido. E por causa disso, ele me esqueceu e agora está entretido com uma menina de cabelos loiro-avermelhados magricela chamada Penélope, que provavelmente não tem hora para voltar para casa e nenhum problema em ficar nua de vez em quando. Mas a verdade é que, se não fosse Penélope, seria outra menina, porque a verdade nua e crua é que ele nunca gostou de mim mesmo. Só se sentiu entediado e queria algo com que passar o tempo. E apesar de eu nunca ter sido tola o bastante para pensar que estávamos apaixonados, ou que éramos um casal, ou qualquer coisa desse tipo (principalmente porque não acredito em nada dessas besteiras, para começo de conversa), ainda assim, seria de se pensar que ele pudesse, pelo menos, reservar vinte segundos de seu dia extremamente cheio para me enviar um e-mail ou algo assim, porque ele sabia que eu era virgem.
3) Meus pais, que não conseguem conversar sem gritar, a ponto de terem decidido se comunicar apenas por meio dos advogados, aparentemente conseguem superar a raiva quando o assunto sou eu. Ou seja, eu me meti numa encrenca por ter escrito aquelas cartinhas, e tive que enfrentar uma conferência virtual de dez minutos, muito estranha e altamente desconfortável (hum, EU me senti assim, não ELES, pois permaneceram totalmente calmos, centrados e totalmente focados), na

qual eles me informaram, sem deixar espaço para dúvidas, de que eu deveria permanecer em Tinos, até minha sentença ser cumprida, no dia mais conhecido como 31 de agosto. E não conseguirei tempo reduzido de pena por bom comportamento, por mau comportamento ou tempo cumprido. E também disseram que devo parar de tentar enganá-los, porque estão de olho em mim.

Então, resumindo, é por isso que estou desistindo.

Sei lá, eu tentei fazer o melhor com tudo isso, tentei me manter em contato criando um blog bonitinho, enviando e-mails e escrevendo cartas e cartões-postais para que ninguém me esquecesse, mas, no fim, não deu certo.

Porque todo mundo se esqueceu de mim.

Porque nunca se importaram comigo, para começo de conversa.

Então, em vez de continuar batendo a cabeça na parede, decidi passar o resto de meu verão bem aqui onde estou, em meu quartinho branco, e sair daqui apenas para uma refeição ou outra e para ir ao banheiro. Sei lá, se eles querem me colocar na prisão, beleza, vou cumprir a pena.

Mas quando o dia 31 de agosto chegar, <u>ESTAREI</u> naquele avião.

E <u>VOLTAREI</u> para Orange County.

Onde minha vida totalmente bagunçada <u>ESTARÁ</u> esperando por mim.

VERÃO CRUEL

1º de julho

Certo, eu sei que este blog já era, já que ninguém o está lendo, mas o fato é que mantê-lo vivo é quase como <u>ME</u> manter viva.

É sério.

É que, além de me dar um lugar para ir todos os dias, ele também me faz sentir que tenho um propósito na vida.

Mesmo se esse propósito só estiver desperdiçando meu tempo, se eu estiver cuidando de um blog com que ninguém se importa o bastante para ler.

Mas como já estou meio enjoada de ficar aqui no meu quarto, pensei: **Por que não? Vou continuar**.

Mesmo que eu seja a única que saiba que ele existe.

Mesmo que eu seja a única pessoa que se importa.

Então, bem, vamos voltar aos negócios:

Esta é uma foto de meu gato!

Isso mesmo, eu adotei um gatinho e ele (ou ela, ainda não... hum, chequei as coisas bem checadas) é ainda mais adorável pessoalmente. É sério! Mas estou torcendo para ser uma gata, porque eu já dei a ela/ele o nome Holly, por causa de Holly Golightly, de **Bonequinha de Luxo**. Em parte, porque adoro esse filme/livro, e em parte porque ela é toda preta com uma manchinha branca na testa – hum, os gatos têm testa?

Ah, sei lá.

Bom, ela me lembra Audrey Hepburn no filme, porque Audrey sempre se veste com aqueles vestidos pretos lindos, sem falar que ela também tinha uma mecha branca.

Ela também era muito, muito magra, e quando eu a encontrei, Holly também estava muito, muito magra. E ela parecia precisar de proteção – exatamente como Holly tanto no livro quanto no filme!

O único problema é que ainda não contei à Tally e ao Tassos. Principalmente porque sei que provavelmente não foi a coisa mais esperta a se fazer, já que vou embora no fim do verão (OBAAAA!!!). Mas, ainda assim, a Holly estava muito sozinha quando eu a encontrei (o encontrei?) sentada no meio da estrada de terra, com cara de perdida, solitária e morrendo de medo. Mas assim que me ajoelhei, ela veio correndo e olhou para mim com aqueles olhos grandes, tristes, famintos e azuis, e quando começou a se esfregar na minha perna e a ronronar, bem, é claro que adoção foi minha única opção. Se eu a tivesse deixado ali para se virar sozinha, era grande a chance de que ela não voltasse no fim do dia. Mas ainda que o melhor que eu possa dar a ela sejam três meses legais, felizes, seguros e confortáveis, então que sejam três meses que ela não teria se eu não tivesse entrado em seu caminho.

Além disso, tudo tem um começo, meio e fim. Então, quando for a hora de dizer adeus, estarei pronta. Mas, por enquanto, planejo contar à Tally e ao Tassos esta noite... então, desejem-me sorte!

Apesar de eu saber que sou a única lendo isto!

Colby

VERÃO CRUEL

Comentários do blog:

Anônimo disse:

Que bom ver que você voltou a escrever.

De alguém que tem lido todos os seus posts.

ColbyCat disse:

Mãe, é você?

Olha, eu sei que é você, então, pare de agir de modo misterioso. É muito bobo.

Anônimo disse:

Definitivamente, não sou sua mãe.

Mas que pena que você me acha bobo.

ColbyCat disse:

Hum, certo. Não é que eu ache que você seja bobo de verdade – quem quer que você seja –, mas é que eu acho que essa coisa de ANÔNIMO é meio... boba.

Anônimo disse:

Agradeço por esclarecer. Mas, por enquanto, prefiro permanecer ANÔNIMO, apesar de você achar isso bobo.

PS: Gostei de sua gata.

Diário da Colby para momentos de desespero por coisas que ela não pode postar no blog, agora que ela sabe que tem alguém misterioso que o lê

2 de julho

Certo, eu sei que há pouco tempo estava reclamando que ninguém lia meu blog. Bom, agora, parece que alguém está lendo, sim. Mas não sei quem, já que a pessoa assina como ANÔNIMO. E apesar de eu ter pensado seriamente em restringir todos os comentários anônimos, no fim, não pude fazer isso. Principalmente porque seria como expulsar seu melhor (e único!) cliente – mais ou menos o que o Petros costuma fazer comigo.

E é estranho pensar que, no começo, eu queria muitos leitores e comentários, mas, agora, já não tenho tanta certeza. Quer dizer, agora que sei que tem alguém lendo, não sei mais o que escrever. Acho que se soubesse QUEM o está lendo, seria mais fácil. Por exemplo, se for minha mãe ou meu pai, então eu poderia usar meu blog com o máximo propósito de fazer minha vida parecer muito solitária e ridícula, que eles teriam de ser totalmente desumanos (o que estou começando a achar que eles são) para não se sentirem péssimos e culpados o suficiente, e me deixassem voltar para casa.

Mas se for Levi, obviamente, o aspecto do "ridículo" estaria totalmente errado. Sabe, não quero parecer toda animada nem nada disso (porque, se fizer isso, ele pode pensar que as coisas estão boas demais aqui, e que não preciso que ele venha me visitar... o que seria totalmente falso!). Mas também não quero parecer tão entediada e deprimida.

Acho que o equilíbrio perfeito é parecer um pouco entediada, mas só porque sou legal demais para estar aqui, para começo de papo. (Assim, tornaria o meu blog uma experiência de escrever ficção!)

E se for Amanda, preciso dar a entender que estou indo a festas e conhecendo um monte de gente legal, para que ela não se arrependa de ter sequer conversado comigo um dia (ainda que ela provavelmente/obviamente já se arrependa).

Viu como tudo isso se tornou complicado agora que tenho um leitor? Juro que era muito mais fácil quando eu era a única que lia aquilo.

Mudando de assunto, Tally e Tassos estão sendo superbacanas com Holly. Na verdade, eles a consideram totalmente adorável, e Tally assumiu os cuidados e manutenção necessários, comprou uma coleira e uma caixa de areia e está dando a ela alimentos orgânicos que, supostamente, servem para que o gato cresça mais saudável. E apesar de eu estar totalmente feliz e aliviada por eles gostarem dela, ao mesmo tempo, toda a gentileza e apoio fazem com que eu me sinta muito mal por não ter contado antes. Afinal, voltar do cybercafé e ver Tally ajoelhada no chão, secando uma poça de xixi de gato, definitivamente não foi a melhor maneira de trazer a gatinha para cá.

Mas, ainda assim, acho que tudo se revolveu no fim, e eles concordaram em manter o nome Holly, apesar de termos descoberto, recentemente, que ela é, na verdade, ELE.

Então, por causa de tudo isso, decidi me esforçar e ir à praia, interagir e passar mais tempo com eles. Sei lá, eles foram muito legais com Holly, e com todo o resto, como as minhas reclamações sem fim, silêncio e mudanças de humor, que me sinto meio obrigada a, pelo menos, fingir que estou me divertindo (ainda que não esteja).

Acho que também estou começando a perceber quanto tenho invadido a privacidade deles, e que grande intrusa eu sou.

Sei lá, minha tia atravessou o mundo para vir morar aqui, nesta ilha minúscula e escondida na Grécia, provavelmente com o único objetivo de escapar de tudo, incluindo minha mãe, meu pai, minha avó e eu, e acaba tendo que me aturar por quase três meses.

Quero dizer que ainda que a vida deles possa ser meio <u>ORGÂNICA</u> demais para o meu gosto, um pouco <u>LENTA</u> demais, <u>SEM ANIMAÇÃO</u>, e definitivamente sem <u>NADA</u> que eu escolheria para mim, está na cara que eles estão felizes com ela.

E quando eles já tinham tudo certo, e estavam bem no lugar que escolheram, eu apareço e começo a fazer bico, bater portas, passar semanas sem falar e, para completar, ainda levo para casa um gato perdido que gosta de fazer xixi no chão.

Então, já que estou falando desse assunto (de Tally, e não do xixi do gato), devo dizer também que ando meio irritada pela maneira com que meus pais sempre riram dela. Sei lá, tudo bem, ela é um pouco diferente e, com certeza, mais do que um pouco estranha de certos modos, mas, sério, qual é o problema?

Porque ela também é superlegal e generosa e compreensiva e gentil, sem falar que me recebeu de portas abertas quando os meus pais fecharam as portas para mim. E desde o primeiro dia, ela deixou claro que estará por perto se eu precisar, mas que ficará na dela se eu não precisar. E a única regra da casa é que nós respeitemos uns aos outros e também a nós mesmos.

Só isso!

Nada de hora de chegar em casa.

Nada de tarefas.

Nenhuma regra só para ter alguma regra.

Então, sim, talvez ela seja o oposto de meus pais, mas estou começando a pensar que isso não é algo tão ruim...

Bem, amanhã, o Tassos vai me mostrar como pegar um polvo só com as mãos! Parece que é uma habilidade difícil de dominar, ainda que ele faça parecer tão fácil. Mas acho que ficarei apenas nadando atrás dele e segurando a rede, porque me tornei boa nisso. E acho que não preciso de um título de Pegadora Experiente de Polvos em meu currículo.

VERÃO CRUEL

4 de julho

Parece que os gregos não comemoram o dia 4 de julho. E apesar de você estar pensando – dã! –, vou explicar que ele sempre foi meu feriado preferido, com churrasco e fogos de artifício, que sempre marcaram meus verões, desde quando consigo me lembrar, e é bem estranho (e triste) não comemorar da mesma maneira hoje.

Mas antes que você pense que sou totalmente sem noção, deixe-me explicar que eu entendo o motivo pelo qual os gregos não se importam com a nossa independência dos ingleses. Mas, apesar de entender os motivos, minha saudade forte de casa não diminui, porque fico pensando nas praias e nos churrascos que meus amigos estão curtindo e eu estou perdendo. Sem falar que eu sempre comprava um biquíni novo, chinelos e uma canga para usar nessas festas, mas depois de conferir as lojas aqui, e ver que eles têm mercadorias completamente feias, NÃO vou fazer nada disso!

Mas, ainda assim, Tally e Tassos estão planejando sair mais cedo do trabalho para fazer uma festa grande. E, eu admito, quando eles me deram a notícia, pensei que iam fazer isso por mim, então, claro que fiquei toda cheia de – **ah, vocês não precisam fazer isso, blá blá blá.** Mas eles apenas riram e explicaram que fazem isso todos os anos, já que minha tia não é a única norte-americana aqui (sim, há alguns outros loucos também!), por isso eles convidarão um monte de amigos para comer churrasco e fazer festa, apesar de terem me avisado que não haverá fogos de artifício.

Bem, vou voltar para ajudá-los a arrumar tudo, mas para todos os meus amigos dos Estados Unidos que possam estar lendo isto: FELIZ QUATRO DE JULHO!

Colby

4 de julho

Para: AmandaStar

De: ColbyCat

Re: 4/7!

Faz mto tempo q n tenho notícias suas, espero q esteja bem. Além disso, feliz 4 de julho. Sei q vc provavelmente vai p a praia, ou uma festa p se divertir, então, divirta-se!

Me escreve! (Quando der)

~Colby

PS: E o Levi? Qro saber!

Diário da Colby para momentos de desespero em que as coisas tomam um rumo assustador, surpreendente e inesperado para melhor

5 de julho

Depois de uma taça e meia de vinho grego caseiro e vários goles de uma bebida grega chamada *ouzo* com gelo (cada gole servia apenas para ter certeza de que a bebida era tão ruim quanto eu pensava), eu admito, sei que provavelmente não é o melhor momento para escrever sobre isto, ou sobre qualquer coisa que seja, mas receio que, se esperar até de manhã, não me lembrarei de nada, então, aqui vai:

EU ME DIVERTI.

Chocante, mas sério. E eu não estava esperando isso, nem pensei que fosse sequer possível, mas, ainda assim, pronto, aconteceu.

Sabe, não pensei que seria terrível ou alguma coisa assim, e acho que havia uma pequena parte de mim que, na verdade, estava ansiosa, mas, ainda assim, eu não tinha amigo nenhum ali, por isso pensei que ficaria presa com um monte de adultos, ouvindo música velha e coisas assim.

E apesar de ter ocorrido dessa forma, eu consegui me divertir mesmo assim. E apenas duas vezes (está bem, talvez três vezes), eu fiz comparações ruins às festas de Quatro de Julho comemoradas em casa. Mas foi só porque não havia fogos de artifício – pelo menos não do tipo que as pessoas soltam em direção ao céu!

Mas havia outro tipo de fogos de artifício.

Daquele tipo que explode dentro do peito. E tem um motivo:

EU CONHECI UMA PESSOA.

Não é nada de abalar, eu sei, já que as únicas pessoas que eu conhecia, pra começo de conversa, eram Tally e Tassos e alguns dos amigos deles, e ainda havia algumas pessoas a conhecer. Mas, nesse caso, quero dizer que conheci alguém ~~especial~~.

Certo. Acabei de reler o que escrevi e ficou parecendo bem bobo e infantil. Então, deixe-me mudar a frase e dizer que conheci um cara muito lindo, que sorriu pra mim do outro lado do quintal por cerca de duas horas até finalmente se aproximar para conversar.

E quando se aproximou, ele disse:

– Oiê, sou Yannis. – E abriu um sorrisão.

Então, eu disse:

– Oi, sou a Colby. Seu amigo quase me atropelou com a Vespa. – E então, comecei a rir. E por sorte, ele começou a rir também.

E então, ele disse:

– Vi você chorando no barco.

E isso, pra ser sincera, foi bem embaraçoso. Mas ainda assim, eu ri, porque, em parte, eu ESTAVA chorando no barco, então, eu não podia voltar e apagar o fato, mas principalmente porque ele é tão incrivelmente lindo, e tem um sorriso tão bacana, que fiquei sem saber o que fazer.

Então... eu disse que ele é bonito? Bem, ele é assim:

1) Tem cabelos escuros e ondulados – quase pretos, mas não exatamente, e, em qualquer outra pessoa, eu diria que precisaria de um bom corte, mas, nele, aquele look comprido e bagunçado fica totalmente incrível.
2) Tem um belo bronzeado.
3) Tem lindos olhos verdes (é sério, parece que eles enxergam através de minha alma).
4) Cílios bem fartos – daqueles que costumam ser alcançados apenas por cortesia da Maybelline.
5) Boas sobrancelhas, das quais ele consegue erguer apenas uma (eu tentei, mas não consegui fazer isso), o que, por acaso, é extremamente sensual.
6) Um corpo incrivelmente lin... quero dizer, malhado, em forma, nem muito alto nem muito baixo, mas do tamanho certo.
7) Um belo e simpático sorriso com os dentes da frente levemente tortos, o que não me incomoda tanto quanto pensei que incomodaria, o que dá a ele um ar despojado e ainda mais bonitinho.
8) Consegue falar inglês muito bem, com um sotaque superlindinho e sensual. (E apesar de saber que isso não pode ser

classificado exatamente como parte de sua aparência, acho que vale a pena mencionar.)

9) Hum, eu falei de seu corpo extremamente lindo? Falei? Bom, acho que é tão maravilhoso, que vale a pena dizer duas vezes!

Bem, mas depois de rirmos (à minha custa), ficamos ali, olhando um para o outro, da maneira mais desconfortável e esquisita. E pareceu durar uma eternidade, a ponto de eu pensar ter visto o ponteiro pequeno de meu relógio marcando o tempo para ver até quando eu conseguia manter uma pausa embaraçosa –, mas, então, fiquei ainda mais envergonhada quando percebi que eram as batidas de meu coração dentro do peito!

É sério!

Tá, mais ou menos.

Bom, quando duas meninas, que pareciam ter a minha idade, se aproximaram, olharam para mim brevemente e se viraram para Yannis e disseram algo que eu não entendi nadinha (mas isso me fez perceber que eu provavelmente deveria parar de ser tão teimosa e começar a tentar aprender grego, *e logo*).

Então, ele olhou para mim e disse:

– Foi um prazer conhecer você.

E então, elas o puxaram dali. E quero dizer LITERALMENTE o puxaram, uma em cada braço, até o lado oposto do quintal, que era bem longe de onde eu estava, como você já deve ter percebido.

E apesar de a parte do puxão poder ser considerada o ponto baixo da noite, felizmente, não parou por aí. Porque mais tarde, muito mais tarde, quando estava escuro, e muitos dos adultos já estavam um pouco grogues por causa de todo o vinho orgânico e caseiro que estavam bebendo, Tassos colocou um CD grego para tocar e todo mundo começou a dançar. Mas não eram danças com as quais estou acostumada, mas, sim, eles deram as mãos uns aos outros e meio que começaram a correr em círculo. Então, eu fiquei sentada ali, com Holly no meu colo, bebendo da pequena taça de *ouzo* que Tassos me deu para experimentar, controlando o desejo de vomitar (é sério, é HORRÍVEL), quando todo mundo começou a dizer "Ei, Colby, vem dançar!".

Mas eu só balancei a cabeça, determinada a continuar parada, já que não sei exatamente nenhum passo da dança, e de jeito nenhum eu correria o risco de parecer uma grande idiota na frente do YANNIS LINDO DE MORRER. Sem falar que aquelas duas meninas gregas ficavam me encarando de um jeito que deixou óbvio o quanto elas ADORARIAM que eu caísse de cara bem na frente delas.

Mas, então, Yannis saiu do círculo, pegou minha mão e me puxou para junto do grupo. E apesar de provavelmente ter feito papel de boba, não demorou muito para eu começar a rir e me divertir (principalmente por estar sentindo a mão dele na minha!), para sequer pensar que eu estava parecendo uma tola.

E, então, dançamos praticamente o resto da noite, pelo menos até Tassos interromper a música e mandar todo mundo para casa.

E apesar de só termos ficado de mãos dadas, e ainda assim só porque a dança exigia, a maneira com que ele olhou para mim quando se despediu foi (quase) tão boa quanto qualquer beijo que eu já dei.

Bem, já são quase três da manhã e mal consigo manter os olhos abertos, então...

Kalinichta!

(Isso quer dizer boa noite em grego!)

VERÃO CRUEL

5 de julho

Quem disse que os gregos não sabem comemorar o 4 de Julho? Com certeza, não fui eu!

Tudo bem, não teve fogos de artifício, mas isso não quer dizer que não foi divertido – e se não acredita em mim, avalie:

1) Esta sou eu comendo um pedaço enorme de melancia. Juro que as frutas daqui são muito mais doces do que as frutas que encontramos nos Estados Unidos. É sério, o gosto é um milhão de vezes melhor, eu não enjoo. Ah, sim, vejam o meu bronzeado forte e as manchas loiras nos cabelos. Acreditem ou não,

eles são resultado de APENAS ALGUNS DIAS na praia. Parece que até o sol é melhor aqui também!

2) Este é o Sr. Holly Golightly, sentado em uma cadeira, observando toda a ação. Ele é um pouco alheio de vez em quando, e prefere observar a participar.
3) Aqui está o Tassos assando um cordeiro. E sim, acredite ou não, eles assam o bicho inteiro. E comem o bicho inteiro também. Não estou brincando. Comem o cérebro, o fígado, a língua... TUDO! Nada se perde. E sim, eu sei bem que é uma cena triste, sem falar que assusta ver o animal todo sem a pele, mas podem acreditar que, depois de um tempo, perde-se a sensibilidade para esse tipo de coisa. É sério, naquela mesma manhã em que abri a geladeira e vi esse cordeiro todo sem pelo, dobrado no meio e enfiado ali de qualquer jeito, eu nem gritei! Mas gritei na primeira vez em que vi algo assim. E também na segunda.
4) Aqui todo mundo está dançando – uma dança grega, que é uma atividade em grupo, como dá para ver.
5) Esta sou eu dançando!
6) É isso!

6 de julho
Para: NatalieZee
De: ColbyCat
Re: Você vai se mudar?
Oi, Nat,

Em resposta a seu e-mail perguntando da placa de VENDE-SE que você viu em meu jardim – digo que é um grande mal-entendido. Mas agradeço pela sua preocupação.

Você provavelmente está surpresa por receber minha resposta, principalmente depois de tudo o que aconteceu com Amanda e de você ter me acusado de “me vender” para eu poder ser “popular, fútil e uma idiota conformada”.

FOI ASSIM que você disse, não foi, Nat?

Mas, ainda assim, aqui estou não apenas respondendo, como também escrevendo perfeitamente certo, pois sei que você odeia todas aquelas abreviações de e-mail e mensagens de texto.

Ainda acha que sou fútil?

Bem, você provavelmente nem está sabendo disso, já que não nos falamos há meses, mas estou na Grécia neste momento, passando o verão na ilha de Tinos com minha tia Tally (e não, ela não era louca de verdade, meus pais estavam apenas brincando), então, provavelmente não vou voltar a escrever em breve, já que estou superocupada indo à praia e a baladas com todos os ótimos amigos que conheci aqui.

Além disso, você não vai acreditar, mas LEVI BONHAM está vindo me visitar! É sério, eu me esqueci exatamente quando será, mas a questão é que será em breve! Isso porque passamos juntos a minha última noite praticamente inteira, então, agora ele está planejando fazer um cruzeiro para poder vir me ver! Acho que ele sente saudade, não sei.

Bem, obrigada por escrever, mas não é nada do que está pensando. DEFINITIVAMENTE não vou me mudar.

Bem, cuide-se...

Colby

7 de julho

Mãe,

<u>A CASA ESTÁ À VENDA???</u>

Quanto tempo, exatamente, você pensou que conseguiria esconder isso de mim? Porque, para sua informação, ainda tenho muitos amigos por aí, que me contam as coisas com frequência, e um deles me informou de que a <u>CASA ESTÁ À VENDA!</u>

E como sei que isso <u>NÃO PODE</u> estar acontecendo, gostaria muito que você me respondesse imediatamente, ou, melhor ainda... vou telefonar para você, já que temos muito sobre o que discutir.

Com amor,

Sua filha que está prestes a se tornar sem-teto e está <u>CHOCADA</u> e <u>DECEPCIONADA</u> pela maneira com que seus pais estão brincando com seu futuro,

Colby

7 de julho

Papai,

Tomei conhecimento de que a casa onde cresci está agora com uma placa de VENDE-SE no gramado da frente, e espero que você possa me esclarecer esse assunto.

Conversei com a mamãe ao telefone e, de acordo com ela, isso foi ideia sua. Ela disse que faz parte do acordo do divórcio, porque você queria vender os bens e dividir o dinheiro igualmente.

Mas tem uma coisa que você pode não ter levado em conta:

ONDE ENTRO NISSO?

Quero dizer, apesar de não haver problema algum em vocês dividirem os bens e se mudarem para lados opostos do mundo, será que vocês PARARAM, respiraram e perguntaram a si mesmos...

PUXA! E A COLBY?

Vocês se lembram dela, A SUA FILHA, a Colby?

Aquela que vocês DESPACHARAM para a Grécia?

Como será que ela se sente em relação a isso? Como isso pode afetá-LA?

Porque estou começando a pensar que nem você nem a mamãe sequer se lembraram de mim, em algum momento, durante esse processo maluco, irracional de tomada de decisão.

Mas talvez vocês devessem.

Afinal, só porque vocês decidiram seguir em frente não quer dizer que concordo com isso também. Será que já lhes ocorreu que talvez eu não queira me mudar? Já PARARAM para pensar NISSO?

Porque, verdade seja dita, papai, eu GOSTO de morar em minha casa confortável, em meu bairro legal, que fica perto da escola e para onde vou andando, e também à casa de todos os meus amigos. Eu costumava me sentir bem, ATÉ SEGURA, só de saber que podia encontrar meus pais quando chegava em casa. Sem falar do teto sobre a minha cabeça.

Porque agora, segundo a mamãe, quando a casa for vendida, não mais teremos dinheiro para morar em Orange County, e talvez até tenhamos de SAIR DO ESTADO! Ela até chegou a dizer algo sobre ir para o ARIZONA! E talvez vocês não saibam disto, mas eu não conheço NINGUÉM no Arizona! Só o que sei sobre o Arizona é que faz quarenta graus NA SOMBRA! O que, temos de admitir, não é bem o melhor lugar.

Quanto a mim, só posso ficar sentada observando enquanto vocês dois fazem o melhor que podem para destruir a vida que eu tinha.

Com amor,

Sua filha totalmente deprimida, mas não que vocês se importem...

Colby

8 de julho

Para: AmandaStar

De: ColbyCat

Re: Preciso de um favor

Oi, Amanda,

Hum, sei q vc deve estar mto ocupada e talz, já q não me escreve há mto tempo, mas qria saber se pode me fazer 1 favor. Da próxima vez q passar pela minha casa, pode parar e tirar a placa d VENDE-SE q está na frente? Porque eu agradeceria.

Pode deixar no porta-malas, numa lata d lixo ou onde quiser.

Obrigada,

Colby

PS: Hum, tem notícias de Levi e se ele ainda vai fazer aquele cruzeiro? Me fala, pq ele n disse nd, e eu qro saber!

Escreva, pfv!

Diário da Colby para momentos de desespero em que a vida se torna uma montanha-russa que não para nem vai mais devagar

8 de julho

Não entendo. Não entendo mesmo. Sabe, primeiro odeio totalmente a minha vida, e procuro me concentrar nas coisas ruins – o que, admito, é quase tudo aqui. Mas então, um dia, eu acordo, olho ao redor e decido parar de lutar, decido parar de agir como uma reclamona chata, e começo a participar das atividades da casa (principalmente porque o tempo passa mais depressa quando estamos ocupados), e tento mostrar um pouco de gratidão à Tally e ao Tassos, para que eles não pensem que sou um peso enorme.

E então, logo depois disso, conheci um morador da região, um cara dos sonhos, chamado Yannis, que quase faz com que eu me esqueça do Levi, e que também, pelo menos até onde posso dizer, pareceu gostar de mim.

E começo a pensar: eba!

As coisas finalmente estão melhorando!

Talvez seja verdade o que Tally e Tassos sempre dizem – que a felicidade atrai felicidade –, não sei bem como eles dizem.

Mas então, quando começo a sorrir de novo, recebo um e-mail da Natalie Zippenhoffer, minha ex-melhor amiga desde o segundo ano, que se tornou a menina com quem não falo nem olho na cara. E ela está toda contente para me dizer que minha CASA ESTÁ À VENDA!

Certo, para ser sincera, não sei se ela está contente. Porque, por um lado, imagino que ela possa estar apenas preocupada e, se for o caso, eu me sinto ainda pior por muitos motivos.

Mas o que sei é que:

Em um momento, eu estava na crista da onda!

E depois, me vejo completamente sem casa.

E pode acreditar, não estou exagerando, porque a verdade não é só que a minha mãe tem demonstrado ultimamente uma capacidade de tomar decisões péssimas, mas quando perguntei o que exatamente ela pretendia depois de vender a casa, onde imaginava que nós duas moraríamos, ela respondeu que não sabia, com alguns *hum*, seguidos por pigarreio e alguns *vamos ver*, com mais um monte de baboseira estatística a respeito de preços de imóveis medianos em Orange County, preços de aluguel e *blá blá blá blá*. E tudo se resume a *Nossa, Colby, não sei o que será de você. Não tinha pensado em você até agora!*

E então, quando pensei que as coisas não podiam piorar, ela disse algo a respeito de se mudar para o ARIZONA! Simplesmente me deu a informação, como se eu não tivesse prestado atenção. E só para deixar registrado, NÃO VOU ME MUDAR PARA O ARIZONA!

De jeito nenhum.

NÃO FAREI ISSO.

Ela NÃO PODE me obrigar.

E quanto a Yannis? Bem, não o vi nem soube dele desde a festa do 4 de Julho, o que quer dizer que sou pior para avaliar as coisas do que pensei, porque eu estava certa de que ele podia estar a fim de mim. Mas quando me lembro do enorme erro que cometi com Levi (e lembro o tempo todo, já que não consigo parar de me lembrar e me arrepender), concluo que não deveria me surpreender tanto.

Só sei que esse lance de "felicidade atrai felicidade" é uma grande bobagem.

VERÃO CRUEL

Comentários do blog:

Anônimo disse:

Por que você diz estar vivendo um Verão Cruel?

Detesta Tinos tanto assim?

De alguém que se importa.

ColbyCat disse:

É de uma música dos anos 1980, por uma banda de mulheres chamada Bananarama. Mas você já sabia disso porque sua mãe tocava essa música enquanto limpava a casa.

Sim, eu sei que é VOCÊ, Natalie. Por que não se mostra? Que coisa mais chata!

Anônimo disse:

Não sou a Natalie, não, mas a mãe dela parece bacana!

Talvez você devesse parar de escrever tanto no blog e começar a sair mais. Seria mais divertido. Só uma dica.

Sinto muito se você me acha chato.

ColbyCat disse:

"SAIR MAIS?"

Eu devia saber que é VOCÊ, Petros.

Então, permita-me lembrar que sou sua MELHOR CLIENTE, e que, sem mim, o que seria de você?

Talvez devesse passar sua próxima **siesta** tentando melhorar seu atendimento aos clientes.

É sério. Pense bem. Mal, não faria.

Anônimo disse:

Não, também não sou o Petros.

Quem é ele?

Devo ficar com ciúmes?

Diário da Colby para momentos de desespero em que a vida se torna tão insuportavelmente boa de novo que ela não pode nem escrever no blog

9 de julho

Ai, meu Deus – agora eu sei quem é o ANÔNIMO!

É Levi Bonham!

!!!!!!!!!!!!!!!!!!!

Afinal, quem mais poderia ser?

Está na cara que ele não me escreveu cartas nem e-mails porque está ocupado demais com a brincadeira de deixar comentários no blog, tentando descobrir se eu conheci alguém de quem ele deve sentir ciúme! O que quer dizer que ele não me esqueceu! O que também quer dizer que posso parar de me torturar por ter cometido um erro de análise gigantesco, porque, claro, não cometi!

E apesar de eu saber que isso pode parecer maluco e ilusório, aqui está a prova:

1) Não é a Natalie, porque ela é honesta demais, sincera demais, clara demais para fazer joguinhos desse tipo.

2) Não é a minha mãe, porque ela não sabe nem ligar o computador, muito menos deixar recado no blog.
3) Não é Amanda, porque ela nem se importou em me responder por e-mail, o que dirá comentar no meu blog. Além disso, ela não curte muito esse lance de blog.
4) Não é meu pai, porque ele está muito bravo comigo e com minhas cartas para se importar em fazer brincadeiras.
5) Não é ninguém em Tinos, porque a única pessoa que sabe sobre meu blog é Petros e o inglês dele é bem limitado. E Tally e Tassos não têm acesso a computadores.
6) Então, basicamente, a única possibilidade que resta é Levi! E apesar de ele não conseguir conversar direito pessoalmente, quero pensar que, como a maioria das pessoas, ele se sai melhor escrevendo (ou, nesse caso, digitando).

Mas antes de tomar uma atitude (ou escrever um novo post), preciso pensar muito bem sobre como proceder.

Quero dizer, eu poderia:

1) Continuar como sempre, blogando sobre todas as coisas comuns, entediantes e normais que posto aqui, agindo como se não tivesse a menor ideia de que <u>LEVI BONHAM ESTÁ LENDO MEU BLOG</u>. E então, sempre que ele decidir deixar um comentário, vou fingir que acredito ser qualquer pessoa <u>MENOS</u> ele, até que ele desista e se revele, e nós dois possamos dar boas risadas disso quando ele vier me visitar!
2) Mentir. Ou seja, posso começar a escrever sobre uma vida que é muito melhor do que a minha atual. E então, quando ele comentar, posso fingir que acredito que ele é apenas um dos muitos gregos lindos e sensuais que estão fazendo fila para sair comigo. Mas preciso ter o cuidado de não exagerar e manter tudo dentro de um nível aceitável. Quero dizer que só porque

estou longe não quer dizer que alguém vai acreditar que, de repente, eu me tornei a Amanda.

3) Agir de modo confiante e direto (o que é bem o meu oposto), e da próxima vez que ele comentar, posso responder algo como: "Oi, Levi! Me avise quando será seu cruzeiro para que eu possa TENTAR encontrar você!". Mas é claro que não vou deixar o "tentar" em caixa alta. Mas, ainda assim, ele vai se ligar.

E depois de analisar as três opções, provavelmente escolherei a número 2. Basicamente, porque vai ser bem difícil para mim tentar usar a número 3, e não quero assumir a abordagem número 1 e continuar com meus posts de fracassada, porque, olha, é meio deprimente. Então, claro, só resta a opção 2.

Além disso, não faria mal algum fazer a minha vida parecer um pouco melhor do que é.

ATUALIZAÇÃO BEM RECENTE
(Tecnicamente, 10 de julho)

Tem mais!

AI, MEU DEUS: escuta só. Depois do jantar, fui para o meu quarto, e, dois segundos depois, a Tally bateu na porta e disse: "O Yannis está aqui".

E apesar de eu ter visualizado a imagem dele no mesmo momento, apesar de saber exatamente o que ela queria dizer, também pensei que seria uma boa oportunidade de testar meu lado mais bacana, a pessoa que queria mostrar no blog. Então, semicerrei os olhos e tentei parecer confusa ao perguntar: "Quem?".

Mas acho que a Tally é esperta demais para acreditar, porque só balançou a cabeça, riu e disse: "Vamos, ele está esperando na porta".

Então, tirei Holly de minha cama, olhei no espelho e passei as mãos pelos cabelos depressa, tentando dar um pouco de volume e um despenteado leve e bonitinho, para que não ficasse liso e sem graça, e então saí e caminhei até onde Yannis estava com sua Vespa, parecendo tão lindo (talvez até mais) quanto estava no dia 4 de julho. E foi tão incrível vê-lo sentado ali daquele jeito, ainda mais porque eu já tinha me convencido de que nunca mais o veria.

Segurei Holly contra meu peito, e observei Yannis sorrindo de um jeito que exibia as covinhas dos dois lados do rosto, e seus olhos verdes olhavam nos meus. Mas acho que apertei Holly um pouco demais, porque ele começou a protestar e a se remexer, e a me arranhar para se livrar de mim.

– E aí, o que conta? – perguntei, coloquei Holly no chão e observei quando ele saiu correndo para dentro da casa, mas deixou um arranhão ardido em meu braço, e suas unhas quase romperam minha pele.

– Vim chamar você para dar uma volta. – Yannis disse, ainda olhando para mim.

E só quando subi na garupa e envolvi a cintura dele com meus braços, percebi que tinha me esquecido de perguntar para onde íamos.

Mas, no fim, fomos para a cidade, para um clube que parecia estar tomado por todos os familiares e amigos dele.

– Você já esteve aqui? – perguntou ele, segurando minha mão para me ajudar a sair da Vespa.

Então, claro, ainda tentando agir como uma garota bacana e experiente, só dei de ombros e disse: – Hum, talvez. Não me lembro bem. – E então, olhei para meu short caqui e blusinha preta e me arrependi por não ter trocado de roupa antes de concordar em sair com ele.

Mas ele só sorriu e disse:

– É do meu primo.

Então, ele me apresentou a cerca de 130 pessoas diferentes que pareciam ser todas da mesma família.

– Todo mundo nesta ilha é seu primo? – perguntei, deixando de tentar decorar os nomes, apenas assentindo e sorrindo.

Mas ele riu e respondeu:

– Não, é só impressão.

Depois, ele me levou para a pista de dança, onde passamos a maior parte da noite. Mas, dessa vez, dançamos de modo normal e moderno, não era nenhuma dança tradicional grega, daquelas de dançar em círculo. O que quer dizer também que eu não tive uma desculpa para ficar de mãos dadas com ele. Mas, ainda assim, foi bem legal só o fato de termos ido para aquele lugar, poder beber uma coisinha ou outra, e ser tratada como adulta, para variar. Mas não bebemos nada e só pedimos duas Coca-Colas. Mas, na verdade, é SABER que é possível ter o que se quer que torna tudo tão legal.

Mas acho que o Yannis está bem acostumado com coisas assim, já que ele cresceu ali. Bem, ele foi criado em Tinos e em Atenas, já que, como ele me disse, a família dele só vai para Tinos no verão (e por isso eu o vi no barco, ele estava voltando para passar o verão), e ele volta para Atenas para ir à escola. Essa me parece uma vida bem bacana. A única coisa ruim é que ele provavelmente não virá a Tinos no verão do ano que vem, porque está no último ano do ensino médio e, depois disso, ele tem que servir o exército por pelo menos um ano.

Foi exatamente o que ele disse: TEM QUE.

Tipo, não tem escolha.

Parece que a única coisa que pode decidir é QUANDO. Por exemplo, ele pode ir depois do ensino médio, ou depois da faculdade, ou até mesmo postergar até os quarenta e poucos anos. Mas, no fim, TEM de ir. Sem exceção. E parece ser algo bem ruim, mas ele não demonstra se irritar com isso.

Então, em determinado momento, estávamos sentados em um banco, descansando, quando alguém começou a tocar uma música grega muito tradicional. E do nada (ou pelo menos pareceu ser do nada), uma das meninas da festa do 4 de Julho se aproximou, olhou para mim com desdém, e então se virou para Yannis e disse algo em grego que, pelo que entendi, parecia ser um convite a uma dança.

Juro! Bem na minha cara! E apesar de ter sido bem esquisito, já que estávamos nos divertindo e não queríamos nenhuma distração, eu não pude fazer nada a respeito, já que não somos um casal.

Fiquei olhando para os dois, tentando imaginar o que Yannis faria, com o coração aos pulos de ansiedade ao vê-lo sorrir, balançar a cabeça, recusando, e permanecer sentado.

E então, exatamente como nos filmes, ela semicerrou os olhos marcados por delineador para mim, jogou os cabelos pretos e compridos para trás e atravessou o salão, até o outro lado, onde estava sua amiga do churrasco do 4 de Julho, aquela com o cabelo tão mal tingido que acabou com um tom feio alaranjado, que estava me encarando.

Então, eu olhei para Yannis e perguntei:

– Hum, quem era aquela? Mais uma prima? – E então, ele riu – apesar de ter sido uma risada nervosa, e não uma risada de verdade, mas aquele momento foi tão esquisito e tenso que eu não sabia bem o que fazer.

Mas ele só balançou a cabeça e deu de ombros. E então, ele se levantou para buscar mais Coca-Cola, e, quando voltou, passamos a falar sobre outra coisa, e eu me esqueci do acontecido, só me lembrando agora.

Quando o clube estava fechando e já era hora de ir embora, eu subi na garupa da moto, abracei Yannis pela cintura e encostei o rosto em seu pescoço, fechei os olhos durante o percurso, para a lua cheia, para o vento frio – aconchegando-me no calor de seu corpo e no cheiro gostoso que ele tem, mesmo sem usar colônia nem loção pós-barba ou qualquer coisa artificial.

Quando voltamos para casa, de repente eu me senti meio estranha e engraçada, nervosa e esquisita, e saí da garupa e corri até a porta. E foi só então que percebi que não havia dito obrigada, muito menos boa noite. Ele me chamou, dizendo:

– Ei, você se esqueceu de uma coisa.

Olhei para mim, vi meu short, minha blusinha, meus chinelos, vi que tudo estava ali, e tentei entender o que ele queria dizer. Mas quando olhei para a frente, vi que ele acenava para que eu me aproximasse, e eu soube que era apenas uma desculpa, uma maneira tola de poder tentar tomar uma atitude.

Mas, na verdade, ele enfiou a mão no bolso e tirou a pulseira Tiffany que eu havia perdido enquanto dançávamos, e da qual eu havia me esquecido totalmente.

Então, ofereci a ele o meu braço e prendi a respiração, e observei os dedos dele passando pelas linhas azuis em meu pulso; senti o fecho da pulseira, e fiquei tão zonza e sem ar que pensei que pudesse desmaiar.

Quando olhei para ele de novo, percebi que ia me beijar. E quando eu estava prestes a fechar os olhos e me inclinar para a frente, ele sorriu, murmurou algo em grego, que eu não consegui nem começar a entender, e então deu partida na moto e foi embora.

Assim que ele se foi, corri até a porta, repetindo a frase sem parar, ansiosa para contar a Tally ou Tassos, para que eles pudessem traduzi-la. Mas quando entrei, eles já estavam dormindo, e quando cheguei ao meu quarto e peguei este diário, as palavras tinham desaparecido.

10 de julho

Queridos Tally e/ou Tassos,

Eu PRECISO aprender grego! Imediatamente! E vocês podem me ajudar SÓ se comunicando comigo em grego a partir de agora.

É sério.

Isso quer dizer que mesmo quando vocês estiverem falando um com o outro e eu por acaso entrar na sala, seria bem legal se vocês pudessem imediatamente começar a falar grego.

É o que dizem ser o Método de Imersão.

É isso o que minha professora de espanhol faz.

E foi por isso que tirei um A em Espanhol III no semestre passado.

Além disso, preciso perguntar a vocês sobre duas meninas que estavam aqui no 4 de Julho e que acredito que vocês conhecem. Uma delas tem cabelo preto e comprido, e a outra tem um cabelo tingido de laranja (parece que ela tentou tingi-lo de loiro, mas só conseguiu um efeito pela metade). Bem, qualquer coisa que vocês puderem me dizer sobre elas seria extremamente valorizado. Mas receio que essa conversa tenha que ser em inglês, porque preciso entender todas as palavras.

Certo, estou indo para a cidade para ficar no café o dia todo.

Então... divirtam-se na praia!

Com amor,

Colby

11 de julho

Pai,

Apesar de ter acabado de falar com você ao telefone, acho que ainda tenho algumas coisas importantes que não consegui dizer, então, vou escrevê-las aqui.

1) *Não acho que é justo você dizer que há coisas que acontecem entre os adultos que eu não posso entender. Porque eu ENTENDO, sim, pai – mais do que você pensa. É VOCÊ que nunca tenta ME entender.*

2) *Se a mamãe e eu tivermos de nos mudar para o* *ARIZONA,* *quando vou poder ver você? Já pensou nisso? Porque é outro estado, o que quer dizer que a guarda compartilhada ou as visitas quinzenais estão fora de questão.*
3) *Da última vez que falei com a mamãe, ela me disse que você está namorando. E apesar de eu ter esperado o tempo todo que durou o nosso telefonema para que você me contasse isso, você não contou. E quando eu estava prestes a criar coragem e perguntar, parece que você percebeu, e por isso disse que tinha outra chamada na outra linha. Então, não pense que me enganou, porque não me enganou.*

Bom, eu ficaria agradecida se você pudesse me responder o mais breve possível, pois é claro que preciso de algumas respostas.

Ou se estiver ocupado demais para escrever, talvez possa me mandar uma passagem aérea para eu poder voltar para casa e nós podermos conversar pessoalmente.

É sério, pai, não estou brincando.

Com amor,

Colby

11 de julho

Mãe,

Sim, conversei com o papai ao telefone e, não, ele não me contou nada sobre a namorada, porque fingiu que tinha outra chamada para atender na segunda linha e desligou antes que eu pudesse perguntar. Mas, para ser sincera, não sei bem se quero falar sobre isso. Sabe, é meio inadequado, sem dizer que é assustador.

Porque a verdade é que se tem alguém nessa família que deveria estar namorando, esse alguém *SOU EU!*

EU SOU *a adolescente.*

EU SOU *a pessoa que deve ser solteira.*

E eu odeio ter que dizer isto, mas você e o papai já tiveram sua chance, já tiveram a oportunidade de ter dezesseis anos, então, me parece bem injusto que vocês escolham justamente *AGORA* *para tentar de novo.*

Não dá para ser adolescente duas vezes, mãe. Não está certo.

E pelo jeito que as coisas estão indo, tenho certeza de que será apenas questão de tempo até VOCÊ decidir namorar, então, quero deixar bem claro, logo de cara, que não estou nem um pouco interessada em saber dos detalhes sórdidos.

Porque a verdade é que não concordo com nada disso.

Provavelmente porque não PEDI nada disso.

E me desculpe por dizer, mas, diante dos acontecimentos recentes, só consigo pensar que o único motivo pelo qual vocês me mandaram para longe foi para ficarem livres para namorar, ir a festas e basicamente aproveitar todas as coisas que eu deveria estar aproveitando mas NÃO estou porque VOCÊS me mandaram para CÁ!

E isso está totalmente errado em muitos aspectos.

Pergunte à sua psicóloga, tenho certeza de que ela vai concordar.

Com amor,

Colby, totalmente desesperada e absolutamente séria.

PS: Estou enviando uma foto de uma igreja famosa aqui, chamada Panagia Evangelistria, onde dizem que a Virgem Maria apareceu, ou onde foi encontrado um símbolo famoso dela, ou algo assim (certo, não sei a história, mas não importa). O que importa é que todos os anos, ~~centenas~~... ou melhor, MILHARES de peregrinos religiosos andam de joelhos ou gatinhas desde o porto até a igreja (o que, pode acreditar, é um caminho bem comprido para percorrer ajoelhado), para poderem rezar. E apesar de eu ainda não ter ido até lá, estou pensando em ir hoje... porque, como pode ver, estou ficando sem opções e preciso desesperadamente de um MILAGRE.

11 de julho

Para: AmandaStar

De: ColbyCat

Re: Valeu msm assim

Oi, Amanda,

Legal ter notícias suas e n, axo q n pensei q seu porta-malas poderia estar lotado d sacolas d compras e n haveria espaço p a placa de vende-se.

Mas fico feliz d saber q vc está se divertindo. Aqlas fotos de vc e Jenna e da prima dela, Penélope (eu n sabia q ela tinha

1 prima. Tb n sabia q vc e Jenna eram amigas d novo. Qdo foi isso? Pq, da última X, você disse q odiava ela), no Fashion Island ficaram mto legais.

As coisas estão melhores aki, fiz 1 monte d amigos e tô meio q saindo c um carinha. Mas se Levi ainda quiser vir, ctz q consigo dar um jeito! ☺

Nem fala nd pra ele, tá?

Té +.

Colby

11 de julho

Para: NatalieZee

De: ColbyCat

Re: Você vai se mudar?

Oi, Nat...

Apesar de não saber bem por que a placa de VENDE-SE ainda está no gramado, agora só minha mãe e meu pai podem explicar, porque, como escrevi na última mensagem, estou passando o verão na Grécia e estou ocupada demais me divertindo aqui para me preocupar com o que está acontecendo em casa.

E apesar de agradecer sua preocupação, você não precisa continuar me mandando notícias.

Mas se quiser direcionar sua preocupação a um de meus pais, ou, melhor ainda, passar pela minha casa e fazer a placa desaparecer... tudo bem.

Espero que você esteja aproveitando o verão.

Cuide-se,

Colby

CÍRCULO NA AREIA (ANTIGO VERÃO CRUEL)

14 de julho

Já que uma pessoa que assina com o nome ANÔNIMO recentemente me acusou de odiar Tinos por causa do nome deste blog, eu decidi mudá-lo. Não deve ser muito confuso, já que não há ninguém além do ANÔNIMO lendo o que escrevo, e acredito que ele ou ela já incluiu o endereço nos favoritos.

Bom, é engraçado porque esse nome também é o de uma música que a mãe de minha amiga (bom, ex-amiga) costumava cantar o tempo todo - acredito que ela adorava músicas sobre o verão.

Então, eu espero, ANÔNIMO, seja lá quem você for, que você concorde que este título é muito mais neutro e bem menos negativo, mas provavelmente não tão alegre como você esperava.

Mas talvez eu devesse ter dado a ele o título de <u>CÍRCULO NA TERRA</u>, porque, como você provavelmente já percebeu, o que não falta neste lugar é terra. Além disso, há pouco tempo, eu soube que o Cyclades (que é como eles chamam o grupo de ilhas da qual Tinos faz parte) é uma palavra em grego antigo para "Círculo", então me parece bem adequado também. Sem falar que os círculos são contínuos e não têm fim, e é assim que o verão está começando a ficar - como um loop eterno de dias contínuos sem fim à vista.

Mas espero que você não interprete demais o que acabei de escrever e leve tudo a mal, porque acho que estou tentando dizer que, apesar de não mais detestar este lugar, se eu pudesse escolher, ainda preferiria não estar aqui.

Ainda que as coisas possam estar melhorando, já que um segundo atrás Petros sorriu e me trouxe um Nescafé Frappe...

<u>POR CONTA DA CASA!</u>

Talvez seja porque eu finalmente me bronzeei.

Talvez seja porque não tenho vindo muito aqui nos últimos dias, já que ando ocupada com minhas idas a discotecas, à praia e com os passeios com todos os meus amigos aqui, o que deu a ele bastante tempo para pensar quanto precisa de mim, e sente minha falta, já que sou sua melhor freguesa. Mas, independentemente do motivo, saiba que as coisas não estão tão ruins aqui como eu já cheguei a pensar. Mas também não quer dizer que seja o paraíso. Só quer dizer que não é mais o oposto do paraíso.

E agora, para seu deleite:

1) Esta é uma foto (retirada de um site na rede, já que eu estava sem minha câmera na hora) de uma discoteca aonde eu fui com um amigo, uma noite dessas. E para que você saiba, não existe limite de idade aqui, ninguém pede seu RG, não há seguranças na porta, cordas de restrição, regras, nenhuma baboseira. Apenas momentos bons com oportunidade igual a pessoas de todas as idades! Viva Tinos!
2) Esta é uma foto do arranhão que Holly Golightly deixou em meu braço na mesma noite, um pouco antes de eu ir para a discoteca. Apesar de não estar tão feio quanto parece, e não foi culpa dele, já que eu mesma o segurei com força, e eu já devia saber quanto ele odeia isso. Mas, ainda assim, doeu pra caramba.
3) Esta é uma foto de minha tia Tally e de seu namorado, Tassos, comendo um ouriço-do-mar que ele pegou na praia. É sério, eles simplesmente o tiraram da água, o abriram (eles têm uma ferramenta especial feita para esse propósito específico), e então pegaram uma concha do mar e a usaram como colher para retirar o conteúdo, e eu observei (e fotografei) enquanto eles o comiam <u>CRU</u>! Admito que experimentei um pedacinho de nada também, mas só porque eles ficaram dizendo que seria bom manter a mente aberta para experimentar coisas novas. Mas apesar de eu não poder dizer exatamente que adorei (porque, definitivamente, <u>NÃO</u> adorei),

também tenho de admitir que não é nem de longe tão nojento quanto você deve estar pensando! Mas é um pouquinho, sim!

4) Esta é uma foto de Agios Fokas, que é a praia para a qual estou indo agora, com o único propósito de cuidar de meu bronzeado, para que, talvez, eu ganhe mais uma bebida grátis amanhã!

Tenha um bom dia!

Com amor,

Colby

15 de julho

Para: NatalieZee

De: ColbyCat

Re: Você vai se mudar

Obrigada por ter tentado se livrar daquela placa idiota de VENDE-SE para mim.

Agradeço muito.

Mas não consigo entender por que eles já a substituíram por outra.

Mas, ainda assim, obrigada por tentar.

Colby

DIÁRIO DA COLBY PARA MOMENTOS DE DESESPERO NOS QUAIS ELA SIMPLESMENTE NÃO CONSEGUE ENTENDER NADA DE SUA VIDA

16 de julho

Veja como estou desesperada: acabei folheando um dos livros da Tally, aqueles New Age, de poder próprio, ou o que quer que seja, à procura de respostas para o meu sofrimento atual, e nem mesmo ELE me ajudou.

Mas talvez tenha sido porque eu não sabia bem o que procurar. Sabe, não tem um capítulo com o título:

O QUE FAZER QUANDO SUA VIDA INTEIRA FOI PARA O INFERNO

E OBVIAMENTE É TUDO SUA CULPA.

Mas deveria haver.

Quando meus pais decidiram me mandar para cá, eles tentaram me convencer de que o motivo PRINCIPAL era para que eu pudesse ter uma experiência em um país estrangeiro e tivesse um verão relaxante, e apenas EM PARTE porque eles, dessa maneira, poderiam me proteger do que será a batalha judicial mais feia do mundo.

E apesar de eu, nem por um segundo, ter acreditado no motivo PRINCIPAL da história, e de saber que o motivo real era o EM PARTE, o mais estranho é que, para um lugar que deveria ser simples e relaxante, como é possível que minha vida tenha se tornado bem mais complicada aqui do que era antes?

Por exemplo:

1) Se eu achava que estava me estressando tentando manter minha posição como amiga de Amanda quando estava em casa, bem, isso não era nada em comparação ao caos em que vivo agora. Porque, além de ela só ter lido o meu blog naquela primeira vez (que agora vejo ter sido por engano ou por acaso, ou um engano do acaso), nas poucas vezes em que ela se importou em responder aos meus e-mails, ela anexou fotos que, para ser sincera, magoaram um pouco meus sentimentos. Como aquela de Levi e Penélope naquela festa. Eu NÃO precisava ver aquilo! Sei lá, tudo bem, eu não cheguei a dizer a ela o que aconteceu entre mim e Levi (principalmente porque sei que não devo confiar nela), MAS, AINDA ASSIM, seria apenas o normal para quem tem consideração... caramba, é o mínimo! E depois quando ela enviou aquela foto dela, de Jenna e Penélope segurando as várias sacolas da loja Bloomingdale no Fashion Island, muito felizes, aproveitando o verão divertido e animado que eu estou perdendo – olha, foi totalmente grosseiro e desrespeitoso. Sem falar que, até onde eu sabia, ela nem

sequer conversava com Jenna. Assim como eu não estava mais conversando com Nat. Era como se nós duas as tivéssemos deixado para podermos ficar juntas. Era o nosso acordo. Mas pelo que pareceu ter acontecido no passeio de sábado, elas voltaram a ser uma grande família de novo, e eu sou a órfã que foi abandonada. Sem falar que não acredito que Amanda voltou a falar com Jenna depois de todas as coisas TREMENDAMENTE HORRÍVEIS que me contou sobre ela. E não consigo acreditar que esteja andando com a prima de Jenna, a Penélope (também conhecida como amor de verão de Levi). E ainda, sem falar que se ela tem tempo para fazer todas essas coisas, então também pode separar alguns minutos de seu precioso dia para me enviar um e-mail e me dizer de uma vez por todas que DIABOS está rolando com o Levi e o suposto cruzeiro. E o porquê de ele nem ter se importado em me mandar um e-mail. E o que ele disse sobre mim, se é que disse alguma coisa. Porque estou começando a me chatear. Mas ela se importou em fazer alguma coisa? Hum, acho que NÃO!

2) Quando eu soube que viria para cá, meu maior medo era que meus pais pudessem tentar matar um ao outro enquanto eu estivesse longe. É sério, eles estavam brigando tão feio e com tanta frequência, que mais parecia que eles estavam prestes a dividir a casa bem no meio e fazer um churrasco com os animais de estimação (por sorte, não temos nenhum animal). Mas, ainda assim, estava começando a parecer um filme antigo a que assisti, certa vez, no qual o casal acabava fazendo exatamente isso, mas terminava todo enrolado e morto em cima de um candelabro (eu me esqueci de como eles foram parar em cima do candelabro, mas não é o que importa). O importante é que, agora, apesar de nada disso ter acontecido, as coisas conseguiram ficar piores ainda! Porque, ao que parece, meu pai ganhou vida de solteiro e uma nova namorada, ainda por cima. E minha mãe está agindo com tanto ciúme que começou a me telefonar e contar coisas assustadoras, coisas que

nunca quis saber sobre meu pai. Parece que ela acredita ser minha amiga, e não minha mãe. E apesar de ser verdade que ando sem amigos, não estou passando por uma crise, e não quero que ela preencha esse espaço.

3) E também tem que questão da placa de VENDE-SE, que minha suposta amiga Amanda não se importou em tirar, mas que minha ex-amiga Natalie tirou bem depressa. E isso só faz com que eu me sinta pior ainda pelo modo como nossa amizade terminou, e pelo modo com que ela me acusa de abandoná-la e tratá-la como lixo, o que não é justo, já que não foi minha culpa COMPLETA, pra começo de conversa. Sabe, estávamos com ideias diferentes e queríamos coisas diferentes, o que, quando paro e penso, não é culpa de nenhuma das duas, porque as pessoas mudam, crescem e seguem adiante, e coisas assim acontecem. A vida é assim. (Certo, eu acabei de reler essa última parte e agora estou bem assustada, já que é exatamente o que meu pai disse sobre o divórcio.) Bem, todas essas coisas levam ao próximo item de minha lista:
4) Na maior parte do tempo, tenho a impressão de não saber mais quem sou. Não estou brincando. Parece que estou vagando, tentando me prender a uma casa que eu provavelmente nunca mais verei, me prender a um pai que está mais interessado em sua vida nova do que na antiga, me prender a uma amiga que provavelmente nunca foi tão amiga assim, e me prender a um cara que provavelmente nem se lembra do meu nome, muito menos do fato de ter passado quase quatro horas me beijando e tentando tirar meu vestido, antes de usar nosso último minuto e meio juntos para tirar minha virgindade. E, não, não acho mais que ele é o ANÔNIMO, porque pensar nisso é totalmente ilusório e maluco, mas também exige bastante OTIMISMO e ESPERANÇA que não consigo ter. E para ser sincera, não faço a menor ideia de quem o ANÔNIMO seja. Mas do jeito que as coisas estão indo, tenho certeza de que vai acabar sendo um perseguidor on-line, alguém que esteja

sendo procurado nos cinquenta estados norte-americanos, incluindo o território ao norte e sul.

5) Oh, sim, e para piorar, não causei muito impacto aqui. Porque eu acho que o Yannis deveria ter vindo ou telefonado, mas, que surpresa, ele não fez isso.

ATUALIZAÇÃO!

Acredite ou não, as coisas acabaram de mudar de pior para PIOR AINDA!

Parece que me tornei tão ridícula que nem mesmo o gato que salvei quer ficar comigo. Sério, assim que terminei de escrever as frases acima, Holly olhou para mim, cheirou meu short e minha camiseta, pulou da cama e saiu correndo do quarto o mais depressa que conseguiu.

Como se tivesse um sexto sentido ou algo assim.

Como se ele SOUBESSE o que sou, e não quisesse ficar perto de uma fracassada.

Está na cara que agora é provavelmente um bom momento para parar de escrever por hoje.

CÍRCULO NA AREIA

Comentários do blog:

Anônimo disse:

Estou confuso. Pelas fotos, parece que você está no paraíso.

Sol, praia, mar e um gato... de que mais você precisa?

Por favor, explique o mais depressa possível.

ColbyCat disse:

Não sei bem como explicar, porque a verdade é que você está certo, aqui é muito lindo. As praias são legais (menos aquelas cheias de pedra), e meu gato é lindo (como você pode ver). Acho que elas são um pouco mais estéreis do que costumo gostar, mas não se pode ter tudo, certo?

Talvez seja porque o paraíso é mais um estado mental do que um local de verdade?

Anônimo disse:

Interessante... nunca pensei dessa forma.

Obrigado por explicar.

18 de julho

Para: AmandaStar

De: ColbyCat

Re: !!!!!!!

AI, MEU DEUS – sério? O Levi vem & vc deu a ele o meu e-mail???

Vc é a MELHOR!

!!!!!!!

Obg! Obg! Obg!

(Tem ctz d q é verdade e q n está me zoando, né?)

Colby

18 de julho

Para: NatalieZee

De: ColbyCat

Re: Você vai se mudar?

Oi, Nat,

Desculpa, mas não consigo explicar por que abriram minha casa para exposição ontem. Mas agradeço por ter devolvido todos os livros e CDs que estavam com você.

E respondendo à sua pergunta, sim, estou me divertindo horrores aqui. E se você estiver entediada, curiosa, ou mesmo se só quiser saber todos os detalhes, pode ler tudo no meu blog, chamado "Círculo na areia". E NÃO, o nome que escolhi não foi por sua causa nem por causa de sua mãe nem por causa de nenhuma das músicas que ela sempre cantava. Eu só precisava de um nome de verão para o blog e foi a única coisa na qual consegui pensar.

Bom, na verdade, é o segundo nome, mas, tudo bem, dê uma olhada se quiser.

Tá. Té + (desculpa, sei que você detesta isso, mas eu não consegui resistir!)

Colby

PS: Levi virá em breve!!!!! Mal posso esperar!

18 de julho

Mãe,

Para sua informação, fiquei sabendo da <u>*EXPOSIÇÃO DO IMÓVEL*</u>*, o que quer dizer que precisamos muito conversar, porque não vou me mudar* <u>*DE JEITO NENHUM*</u>*!*

Pensei que já tivéssemos resolvido isso!

Assim não dá para continuar.

Você precisa parar.

Por favor, entre em contato o mais rápido possível.

Com amor,

Colby

18 de julho

Papai,

A mamãe fez uma <u>*EXPOSIÇÃO DA CASA*</u> *e estou colocando a culpa em você.*

Você tem de fazer algo para impedi-la, porque não vou me mudar <u>*DE JEITO NENHUM*</u>*!*

Pensei que já tivéssemos resolvido isso?

Assim não dá para continuar.

Você precisa parar.

Por favor, entre em contato o mais rápido possível.

Com amor,

Colby

20 de julho

Não sei o que há de errado comigo. É sério, seria de se esperar que eu estivesse feliz, em parte porque O LEVI ESTÁ VINDO. Quem disse foi a Amanda, que ainda está saindo com o Casey, que por acaso é o melhor amigo de Levi, que disse algo sobre não poder ir à festa surpresa de alguém porque vai a um cruzeiro no Mediterrâneo.

E, além disso, o YANNIS ESTÁ VINDO. Aqui. Hoje à noite. Para um churrasco. Mas aquelas duas amigas dele, Maria (de cabelos pretos) e Christina (de cabelos laranja), que por acaso são parentes de um dos melhores amigos de Tassos (Christina é a filha do amigo dele; Maria é a prima dela), NÃO foram convidadas (eu me certifiquei disso). Bem, parece que o único motivo pelo qual ele não ligou nem passou aqui antes é porque teve de ir para Atenas por alguns dias, e NÃO porque repentinamente decidiu que não gostava mais de mim, nem nada parecido.

Por favor, perceba a falta de pontos de exclamação, apesar de eu estar bem animada com essas coisas.

Mas devo admitir que a pontuação neutra provavelmente se deve ao fato de que toda a minha animação foi encoberta pelo último telefonema de meu pai e de minha mãe, no qual eles me informaram, de modo extremamente claro, que eles têm o direito ao divórcio, a namorar, a expor a casa e basicamente a tomar uma série de decisões não apenas ruins, mas extremamente descuidadas que certamente resultarão no caos completo de minha vida, e possivelmente de meu futuro.

Além disso, eles me lembraram de que, por ser menor, não existe nada que eu possa fazer a respeito de nada disso, uma vez que eles são os ADULTOS, enquanto eu sou apenas a FILHA. E nesse momento, eles disseram que não devo levar tudo para o lado PESSOAL, porque nada disso é pessoal.

Eles simplesmente estão se dedicando a fazer "O que é de interesse de todos".

Só o que posso dizer é que:

Se isso fosse verdade, e se eles fossem tão DEDICADOS, então por que ainda não pararam para pensar o que pode ser melhor para MIM?

Por que eles não podem simplesmente crescer, manter a racionalidade e:

SIMPLESMENTE ME DEIXAR VIVER MEU ÚLTIMO ANO DE ENSINO MÉDIO SEM GRANDES TRAUMAS?

Francamente.

Sabe, só mais um ano, é tudo o que peço. E depois disso, depois que eu me formar no ensino médio e partir para a faculdade, eles ficam livres para se autodestruírem ou fazerem o que quiserem.

Apenas deixem-me completar minha infância primeiro.

Queria saber se posso me divorciar deles.

Diário da colby para momentos de desespero em que ela está tão feliz que mal consegue respirar!

27 de julho

Não tenho escrito no blog. Não tenho escrito e-mails. Não tenho escrito cartas nem enviado cartões-postais. Não tenho ido ao cybercafé. Nem sequer liguei o computador no que parece ser muito tempo, mas provavelmente é só um pouco mais de uma semana. E tudo isso está acontecendo porque:

ESTOU ENVOLVIDA EM UM CASO SÉRIO DO QUE PARECE SER UM CARINHO MÚTUO!

Desde a noite do churrasco, quando Yannis chegou de Vespa e sorriu para mim, meu estômago começou a dar piruetas e saltos, o que, para ser honesta, não pararam desde então.

Mas não é a mesma sensação de nervosismo e ansiedade que eu sentia com Levi. Tem mais a ver com uma inquietação do tipo NÃO ACREDITO QUE ISTO ESTÁ REALMENTE ACONTECENDO COMIGO. E apesar de ter sentido isso quando Levi me beijou pela primeira vez, por algum motivo, tem sido ainda melhor com Yannis.

Acho que é porque estar com Yannis parece mais verdadeiro, menos forçado.

Bom, ele simplesmente parou a Vespa, sentou-se ao meu lado e não foi a nenhum outro lugar durante o resto da noite. E passamos o tempo todo conversando, rindo e nos conhecendo melhor, parecia que apenas metade de meu cérebro estava concentrado no que estávamos dizendo e fazendo, porque a outra metade não conseguia parar de pensar: *Queria que ele parasse de falar e me beijasse!*

Mas como Tally, Tassos e todos os nossos amigos não estavam nos dando muita privacidade, eu me conformei em ter mais uma noite divertida, mas sem paixão.

Mas então, depois que comemos e começou a escurecer, Yannis se inclinou na minha direção e sussurrou: "Quer dar uma volta?".

E é claro que eu disse sim.

E apesar de estar totalmente esperando ir àquela discoteca de novo, dessa vez, depois de percorrermos as ruas por um tempo, acabamos na praia preferida dele. Então, estacionamos na calçada e corremos para a areia, onde ele estendeu uma toalha para nos sentarmos e olharmos a lua e as estrelas, tentando localizar as várias constelações, até ele finalmente criar coragem para me beijar.

Isso mesmo – ELE teve de criar coragem para ME beijar!

Ou seja, eu estava fazendo com que ele se sentisse tão nervoso e tonto quanto ele faz com que eu me sinta!

Também é o oposto exato de Levi, que pensa que todas as meninas de qualquer lugar estão totalmente prontas e a fim de dar uns amassos com ele quando ele bem quiser. (Mas, sendo justa, posso dizer que isso acontece porque provavelmente é verdade.)

Mas isso também aconteceria com Yannis e ele não tem o mesmo tipo de ~~confiança~~ arrogância que Levi tem. Ele é mais educado, mais respeitoso e nunca tentaria forçar uma pessoa a fazer algo para o qual não estivesse pronta.

Bom, em um minuto, estávamos falando sobre as constelações e, no minuto seguinte, ele estava me beijando. E preciso dizer que foi TOTALMENTE MARAVILHOSO!

Nem um pouco estranho. Nem mesmo no começo do beijo, que costuma ser um momento bem tenso, já que as duas pessoas estão tentando coreografar um dueto que ninguém ensaiou (pelo menos, não juntos).

Mas com Yannis foi como se nossos lábios simplesmente soubessem EXATAMENTE o que fazer e EXATAMENTE aonde ir, e aquilo pareceu mágica.

Na verdade, foi tão maravilhoso e mágico, que permanecemos ali por horas, só beijando e conversando, mas mais beijando mesmo. Até que acabou ficando frio demais para nós dois, que vestíamos short e camiseta, e ele decidiu me levar para casa.

E quando ele me deixou em casa, voltou a me beijar e perguntou:

– Nós nos vemos amanhã?

E eu assenti, sorri e corri para dentro da casa, pensando em escrever tudo neste diário.

Mas, por fim, só deitei na cama, fechei os olhos e revivi todos os momentos em minha mente, até que finalmente adormeci, e sonhei com ele também!

E, no dia seguinte, ele voltou. E está voltando desde então, todos os dias!

Então, depois de ler tudo o que escrevi antes em meu diário, mal consigo acreditar em como tenho sido infantil. E é embaraçoso ler tudo isso, estou pensando em arrancar todas as páginas e queimá-las no próximo churrasco que Tally e Tassos fizerem.

Sabe... o que eu podia estar pensando? Este lugar é LINDO! É exatamente como um PARAÍSO, mas eu estava cega demais para ver.

Tudo bem, pode não ser tão animado, moderno, famoso, brilhante e popular como Mykonos, mas, quando temos a companhia certa, não é preciso ter tanto glamour.

É como eu escrevi em meu blog: o paraíso é um estado mental.

E Yannis é incrivelmente doce, lindo e maravilhoso, e está até me ensinando grego! Estas são algumas das palavras que aprendi até agora:

Koukla Mou – (Lógico que não vou usar o alfabeto grego, já que nossas aulas não chegaram a esse ponto.) Isso quer dizer, literalmente, "minha querida". Pode parecer antigo e esquisito, por isso também é melhor evitar a vontade de traduzir tudo ao pé da letra, entendendo apenas o sentido da frase ou palavra. Nesse caso, seria algo como *querida* ou *amor*. (Tá, ainda é meio esquisito, mas sei que a intenção dele é a melhor!)

Omorphos – significa linda! (Ele disse isso sobre o meu cabelo em um dia em que eu não o considerei muito *omorphos*!)

Apothe – quer dizer noite! (Por exemplo, nós saímos quase todas as *apothe*! O que, por acaso, é o que acontece, mesmo!)

Efcharisto – quer dizer obrigado. Mas quando tive dificuldade para pronunciar, Yannis disse que eu deveria pensar na letra F antes. E admito que assim ficou muito mais fácil!

E *Yannis* – quer dizer João. (Mas eu continuo chamando-o de Yannis, porque me parece muito mais exótico.)

Apesar de *Colby* não significar nada, é só Colby e mais nada. É assim que ele me chama quando não me chama de *Koukla Mou*.

Ah, sim, e *S'agapo* quer dizer eu te amo. Não que ele tenha dito isso. Mas perguntei a Tassos como dizer, para o caso de Yannis decidir dizer, e então eu saberei o que significa. Mas espero que ele não decida dizer isso, porque vai estragar tudo. Sabe, é bem melhor manter a casualidade sem ficar todo sério e superenvolvido – vamos apenas tentar manter o foco e nos divertir, e não fazer um monte de declarações e promessas falsas que nunca conseguiremos cumprir.

Bom, nós dois nos vemos com tanta frequência que já criamos uma rotina. Por exemplo, de manhã ele sempre vai trabalhar, ajuda na construção do hotel de sua família, mas, de tarde, ele costuma se encontrar comigo, Tally e Tassos na praia para a *siesta*, ou, às vezes, vamos apenas nós dois, e ele sempre acha engraçado o fato de eu me recusar a tirar a parte de cima do biquíni. Mas como eu ainda não a tirei a sós com ele, com certeza não vou tirá-la pela primeira vez na frente de um monte de pessoas. Sabe, eu consegui perder a virgindade sem ter que tirar o sutiã, então, por que começar agora?

Bom, à noite, costumamos ir para a cidade e ficamos naquela discoteca aonde ele me levou na primeira vez, ou, então, passeamos de Vespa, procurando um lugar tranquilo onde possamos ficar sozinhos e dar uns amassos.

E tenho de admitir que, apesar de ser divertido ficar com os amigos e primos dele, meus momentos preferidos são sempre quando estamos só nós dois, sozinhos, admirando as estrelas, nos beijando e às vezes apenas conversando. E é estranho como me sinto relaxada perto dele, já que sempre fico tão nervosa com meninos (principalmente meninos lindos como Yannis!), já que não tenho muita experiência com namorados e coisas assim. Mas, com o Yannis, tudo parece muito natural, fácil e confortável.

E, de novo, é bem o oposto ao que eu sentia com o Levi.

Mas olha só que estranho: bem quando eu já tinha desistido, quando já tinha decidido seguir em frente e esquecer dele totalmente, Levi decidiu me mandar um e-mail para falar sobre o cruzeiro, e agora não sei o que devo fazer. Ainda bem que ele não está vindo PARA CÁ, porque seria bem esquisito, agora que estou saindo tanto com o Yannis. Mas, ainda assim, ele vai para MYKONOS, que fica a um curto trajeto de barco daqui.

Isso se eu decidir fazer esse trajeto.

Eu estou MORRENDO DE VONTADE de ir para Mykonos desde sempre, ou pelo menos desde que meu avião aterrissou aqui e o cara que se sentou ao meu lado disse que era a única ilha que valia a pena visitar. Mas, agora que tenho uma boa desculpa para ir, não sei mais se quero.

Mas tenho pouco mais de uma semana para decidir, ainda bem.

Certo, estou ouvindo o barulho da moto de Yannis na rua, mas vou escrever mais uma coisa que está me incomodando um pouco no meio de toda essa felicidade incrível:

Não sei bem o porquê, mas não tenho sido muito sincera com ele a respeito de minha vida nos Estados Unidos. Sei lá, acho que é porque é um grande alívio estar livre, curtindo, sem ter de pensar nos meus problemas, que fico meio relutante em abordar esse assunto.

Mas, se eu for mais sincera, também terei de admitir que o outro motivo é que eu não quero que ele me veja como triste, patética ou coisa pior. Porque apesar de eu ter conhecido seus primos e seu irmão menor, Christos, mas ainda não ter conhecido os pais dele, quando ele fala sobre eles, só fala coisas muito bacanas e eu me sinto meio estranha para falar sobre meus pais. Principalmente porque não tenho as melhores coisas a dizer sobre eles no momento. Quero dizer, verdade seja dita, estou tão triste, irritada e decepcionada com eles, que não conseguiria disfarçar se tentasse. E eu simplesmente não suporto pensar que Yannis pode me ver como uma fracassada, ou pensar que a minha vida é um baita desastre.

Apesar de ser.

Porque, no momento, ele me vê como uma menina californiana feliz e livre. (Tudo bem, que não tira a parte de cima do biquíni, mas mesmo assim.) E é assim que pretendo manter as coisas.

Certo, ele está batendo na porta do quarto... então... preciso ir!

1º de agosto

Então, ontem à noite o Yannis me levou para jantar. E apesar de não ter sido exatamente a primeira vez em que fizemos uma refeição juntos, foi a primeira vez em que comemos sem a presença de Tally, Tassos e seu irmão menor, ou algum de seus cem primos e amigos. Até fomos a um restaurante que não era de propriedade de nenhum primo. E eu sei, porque conferi.

Bom, foi incrível.

Dos sonhos.

Mágico!

Mas toda a mágica começou quando ele veio me buscar, eu abri a porta e senti meu coração acelerar – sério! Apesar de nos vermos todos os dias, quando eu o vi na porta, todo arrumado, com flores nas mãos (Sim! Ele até me trouxe flores!), sorrindo como se estivesse bem feliz por me ver, bem, fez com que parecesse a primeira vez de novo.

Talvez tenha sido a bela calça jeans que ele estava vestindo, ou a camisa bem asseada, ou o modo com que seus olhos de verde profundo olhavam nos meus. Talvez tenha sido o modo com que ele sorriu, tão verdadeiro, caloroso e convidativo. Ou talvez tenha sido a maneira com que ele passou o braço por minha cintura.

Independentemente do que tenha sido, eu senti vontade de me beliscar, já que mal conseguia acreditar que aquele cara lindo, meigo e maravilhoso estava ali só por minha causa!

Bem, quando chegamos ao restaurante, fomos levados a uma mesa em um pátio pequeno, mas lindo, todo iluminado por velas e pela luz da lua. Havia música tocando ao fundo, e tudo ali era perfeito, romântico e incrível – o tipo de noite com que sempre sonhamos, ou vemos nos filmes, mas que duvidamos que um dia teremos.

Então, depois do jantar incrível que incluiu todos os tipos de alimento cujos nomes não sei pronunciar, muito menos escrever, passeamos pela cidade durante um tempo e paramos em nossa discoteca preferida para dizer oi a alguns amigos e ficar um pouco ali, antes de subirmos na moto e irmos para nossa praia preferida.

E não sei se foi a cafeína (tomei duas Coca-Colas e meia no jantar) ou a lua (que estava redonda, cheia e incrivelmente brilhante), ou apenas aquela sensação maravilhosa de estar tão longe de casa e tão livre, mas, antes que pudesse parar para pensar no que estava fazendo, tirei o vestido e corri para o mar.

Então, claro, Yannis tirou a camisa e a calça e me seguiu.

E então, nadamos, espirramos água um no outro e brincamos de pega-pega nas ondas, mergulhamos, emergimos e ele me pegou. E quando me virou, ele me beijou de um modo que fez com que eu me lembrasse daquela primeira noite – quando ainda não nos conhecíamos bem e estávamos hesitantes e curiosos.

E quando abri os olhos, vi os olhos verdes dele nos meus, e seus cachos escuros e úmidos em meu rosto, e as gotas de água brilhando prateadas à luz da lua, sobre a pele bronzeada dele.

E ele estava tão lindo, e tão provocante, e tão sensual, e totalmente ALI, que saí correndo de seus braços em direção à areia, esforçando-me para vestir a roupa antes de alguma coisa acontecer para que eu mudasse de ideia – sem vontade de cometer o mesmo erro duas vezes.

Então, nós nos deitamos na areia e permanecemos de mãos dadas, os dois envolvidos no silêncio e na escuridão, enquanto eu fechava os olhos e tentava captar o momento, desejando que ele nunca terminasse.

3 de agosto
Para: Levi501
De: ColbyCat
Re: Seu cruzeiro
Oi, Levi,

Acabei d receber sua msg e, p responder à sua ?, não estou em Mykonos, estou em Tinos. Mas consigo ver Mykonos pq é mt perto. Então, posso tentar me encontrar c vc. Só me diga o dia e a hora, OK?

Tchau...
Colby

CÍRCULO NA AREIA

Comentários do blog:

Anônimo disse:

Onde você está?

Por favor, não diga que desistiu do blog.

ColbyCat disse:

Estou de volta, foi apenas um intervalo, posso garantir.

CÍRCULO NA AREIA

3 de agosto

Voltei! E não, ANÔNIMO, não desisti de meu blog. Mas descobri uma coisinha que gosto de chamar de TER VIDA. E agora que consegui isso, percebi que está tomando a maior parte de meu tempo. Mas parece que você não foi o único a sentir minha falta, porque o Petros chegou a me ABRAÇAR quando eu entrei aqui! Ele disse que tinha certeza de que eu havia voltado para os Estados Unidos sem nem me despedir (o que eu nunca, nunca faria!). Mas apesar de ter afirmado estar feliz e aliviado por me ver, ele ainda me fez pagar pelo meu frapê. (Mas o filho dele, Stavros, me disse que o fato de eu já ter ganhado uma bebida grátis dele é um baita milagre!)

Então, sem mais enrolação, aqui estão algumas fotos para você:

1) Uma foto minha tentando fazer windsurfe. Você acredita? Meu amigo Yannis é muito bom nisso, e ele estava determinado a me ensinar. Mas, por favor, não se impressione demais com o que está vendo aqui, porque a verdade é que essa foto foi tirada durante os dois segundos que consegui permanecer

de pé. Pode acreditar, um segundo depois, eu caí de costas na água!

2) Foto do Sr. Holly Golightly – veja como ele está maior (e mais lindo)! Mas ele ainda fica irritado quando tento fazer muito carinho.

3) Esta é uma foto do estúdio de Tassos, onde ele faz as mais lindas esculturas de mármore (Tinos tem uma escola de esculturas em mármore muito famosa, onde Tassos leciona às vezes), vasos e coisas assim, não acha? Mas não se deixe enganar pela simplicidade, porque é MUITO mais difícil do que parece. É sério. Quando ele parou para tentar me ensinar, eu fracassei. PRA CARAMBA. E o que deveria ter sido o meu vaso caiu e tornou-se nada além de um monte pegajoso de argila.

4) Está vendo esse monte pegajoso de argila? É o meu vaso. Eu não estava brincando.

5) Esta é uma foto de Yannis fazendo carinho em Holly. Veja que ele não tem arranhão nenhum no braço. Tenho a terrível suspeita de que Holly gosta mais dele do que de mim apesar de eu tê-lo salvado da fome. Parece que os gatos não têm boa memória. Isso quer dizer que meu próximo animal de estimação será um elefante.

6) Eu e Yannis na discoteca, com alguns amigos. Está vendo aquele cara de pé atrás de mim? É o primo do Yannis. E o cara ao lado dele? Também é um primo. E o cara bem do lado? Outro primo. E a menina no canto direito? Isso, você acertou, uma prima. E aquele cara do meu lado? É o irmão mais novo dele, o Christos. Rá! Você pensou que era outro primo, certo?

7) Eu e Yannis na praia. Não parece que estamos só nós dois ali? Mas não se engane, porque um dos primos dele nos fotografou.

8) Eu e Yannis em um dos churrascos de Tally e Tassos, que acontecem nos fins de semana, e ele está me ensinando os passos daquela dança grega que eu pensei que soubesse, porque, ao contrário do que eu pensava, não se deve correr em círculo, há vários passos específicos e é muito mais complexo do que já imaginei ou poderia imaginar.
9) Sou eu e Yannis bebendo frapês com alguns dos primos dele em um café no porto. Adoro frapês. Estou ficando viciada. Principalmente naquele frapê grátis que o Petros me deu uma vez. Foi o melhor de todos!

Bom, é isso!

Espero que isso compense minha curta pausa... ANÔNIMO!

Com amor,

Colby

4 de agosto

Para: NatalieZee

De: ColbyCat

Re: Quem é o Yannis?

Oi, Nat,

O Yannis é um amigo meu.

Um grande amigo.

Na verdade, acho que ele é meio meu namorado. Mas você não precisa contar a ninguém nem espalhar pela cidade, OK?

Não que eu ache que você faria isso, mas, ainda assim, só acho que deveria dizer, já que seria meio estranho se as pessoas soubessem disso, já que o Levi virá em breve.

Mas talvez isso seja mais estranho AQUI do que AÍ.

Viu? Não mudei tanto quanto você pensa. Ainda estou maluca e confusa como sempre!

Bom, obrigada por ler meu blog!

Espero que seu verão esteja bom...

Colby

4 de agosto

Para: AmandaStar

De: ColbyCat

Re: Seu blog/o carinha de sandália

Oi, Amanda,

Obg por ler meu blog. Mas n, o Yannis NÃO é meu namorado. É só um amigo. Sabe, alguém c quem posso andar de X em qdo p não morrer de tédio aki.

E p responder a sua ?, sim, acredite ou n, a maioria dos caras aqui usa sandálias dakele tipo. Mas axu q estou aki há tanto tempo q já me acostumei. Quase nem percebo +. Só qdo você mencionou.

E isso é bem assustador!

Então, Levi estará em Mykonos em 3 dias, e mal posso esperar!

Vou contar o q rolar ☺

Té +.

Colby

CÍRCULO NA AREIA

Comentários do blog:

Anônimo disse:

Quem é Yannis?

ColbyCat disse:

Um amigo.

Anônimo disse:

Fale mais sobre esse amigo.

ColbyCat disse:

O que você quer saber?

Anônimo disse:

Ele é seu namorado?

ColbyCat disse:

Defina namorado.

Anônimo disse:

O contrário de amigo.

ColbyCat disse:

Defina amigo.

Anônimo disse:

Você gosta de joguinhos.

ColbyCat disse:

É você que assina como ANÔNIMO!

Anônimo disse:

Verdade.

ColbyCat disse:

Já pensou em parar de ser ANÔNIMO?

Anônimo disse:

Sim, já pensei.

ColbyCat disse:

E???

Anônimo disse:

E ainda estou pensando.

ColbyCat disse:

`Certo, me conta o que decidir.`

Diário da Colby para momentos de desespero em que ela se enfia em uma confusão tão grande que não consegue encontrar saída

7 de agosto

Sou ótima em pegar algo extremamente bom e estragar de um modo tão colossal que não deixe jeito de consertar. Sabe, bem quando eu estava começando a me sentir muito feliz, bem quando eu estava começando a achar que a minha vida estava ótima, quase boa demais para ser verdade – BUM! Fiz o favor de estragar tudo.

Porque, convenhamos, eu mal sei lidar com um garoto, muito menos dois, então não deveria ser surpresa nenhuma para ninguém, muito menos para mim. Acho que nunca fui o tipo de garota que consegue enrolá-los e deixá-los implorando por mais, como Amanda, e praticamente todas as outras meninas do meu grupo de meninas bacanas (bem, talvez eu devesse ter escrito EX-grupo de meninas bacanas, já que, no momento, não faço mais parte dele, e elas não me deram nenhum indício de que estão sentindo minha falta, muito menos se lembrando de minha existência).

Bom, acho que sou apenas séria demais, boba demais, nervosa demais, nerd demais, honesta demais – menos quando minto. Porque, sempre que tento mentir sobre algo, a mentira consegue fugir do controle, cresce e se expande totalmente que praticamente ganha vida própria, uma vida que acaba destruindo a minha.

Acho que é a isso que Tally e Tassos se referem quando falam sobre *karma*.

Receber o que você dá.

Bem, ontem à noite, quando o Yannis me buscou, ele estava agindo todo fofo e misterioso a respeito do lugar aonde me levaria. E apesar de eu ter tentado adivinhar, ele balançava a cabeça e dizia: "Você vai ver".

Então, quando finalmente chegamos a um lugar que parecia, basicamente, uma grande construção, saí da garupa de sua Vespa, olhei ao redor e disse:

– Certo, eu desisto.

Mas ele só riu, segurou minha mão e tentou me levar para dentro. E quando eu hesitei na entrada, ele me beijou o rosto e disse:

– Relaxa, isto pertence à minha família, só quero que você conheça.

E então, ele começou a me mostrar o hotel no qual tem trabalhado o verão todo, mas que provavelmente só ficará totalmente pronto no inverno. E pela maneira com que sorria e apontava para todos os detalhes, para todas as coisas que tinham sido sua idcia ou que ele havia cuidado ou construído sozinho, ficou claro que estava bem animado mostrando tudo para mim.

Mas por mais orgulhoso que ele estivesse, por mais ansioso que estivesse para que eu compartilhasse de sua animação, eu não conseguia.

Estava ocupada demais olhando para as sandálias dele.

Sim, as mesmas sandálias que eu nunca tinha sequer notado até Amanda fazer o comentário maldosos sobre elas no e-mail.

Mas depois daquele comentário, eu só conseguia olhar para os pés dele e pensar: *Que diabos você está fazendo, Colby?*

E eu sabia que estava sendo FÚTIL, INACREDITAVELMENTE FÚTIL.

Mas não consegui parar.

Mas adoraria que parasse por aqui, gostaria de poder dizer que parou aqui, mas, infelizmente, ficou pior.

Porque, de repente, o mesmo sotaque que ontem mesmo eu achava tão adorável e sensual começou a me irritar, e eu me via brava sempre que ele dizia algo que aprendera em um livro de frases em inglês.

Coisas como:

Relaxa, sem problema.

Calma, não se preocupe.

Até mesmo o idioma dele começou a me irritar, como quando ele, pela milionésima vez, me chamou de *Koukla Mou*.

Foi como se, praticamente de um dia para o outro, com apenas um e-mail mal-educado da Amanda, eu tivesse começado a questionar tudo sobre ele, sobre NÓS! Como se eu tivesse perdido totalmente a capacidade de ver as coisas como antes. Como se, literalmente, eu tivesse deixado de pensar que gostava muito, muito dele, e passasse a nem sequer reagir quando ele me disse que me ama.

Sim, ele disse que me ama.

Depois que terminamos de ver a recepção, a cozinha, o bar, a academia e alguns quartos e suítes, ele me levou à área da piscina, que estava toda arrumada com cadeiras, cobertores, velas, música, comida, bebidas e flores. E era para ter sido super-romântico, porque FOI super-romântico, exceto pelo fato de que passei o tempo todo olhando para suas sandálias, odiando seu sotaque e pensando:

Que diabos você está fazendo, Colby? O verão vai terminar em breve; 31 de agosto está quase aí. Levi estará aqui amanhã e você precisa tomar uma decisão.

Você pode:

1) Parar de ser tão fútil e permitir a si mesma apaixonar-se por esse cara de quem até ontem você acreditava gostar muito, muito, e que é muito doce, gentil, querido e divertido e que, sem ter culpa nenhuma, apenas usa demais umas frases estranhas, com um sotaque estranho, que você agora está dizendo que é irritante, e, sim, que também usa sandálias que são tão bizarras que você mal consegue olhar para os pés dele, apesar de não conseguir parar de encará-los. **OU**:

2) Você pode se concentrar em seu futuro, e sair daqui! Porque apesar de a Amanda ser extremamente fútil, a ponto de ser contagioso, o fato de ela ter se dado ao trabalho de responder para você e ler seu blog, pra começo de conversa, prova que você ainda está DENTRO do grupo dela. Sem falar que Levi está vindo até aqui para te ver. Se você tiver um pouco de cérebro nessa cabeça-oca, vai escolher Levi, Amanda, as festas e coisa e tal, que são o único plano de SEGURANÇA SOCIAL que você tem no momento. PORQUE A GRÉCIA NÃO É SEU FUTURO, MAS A CALIFÓRNIA É!

3) Sem falar que VOCÊ, mais do que ninguém, deveria saber bem que O AMOR NUNCA DURA! É só mais uma ilusão na qual as pessoas gostam de acreditar. E mesmo se houvesse a mínima chance de ser real e mútuo, ainda assim seria quase uma questão de tempo até acabar, então, sério, para que entrar nesse caminho? Veja seus pais, se precisa de mais provas. Ou metade

de Hollywood! O amor é invisível, irreal! Além disso, tudo tem um começo, meio e fim, e você será uma tola completa por se deixar enganar e passar a acreditar em outra coisa que não seja isso!

Mas também o que não contei até agora é que, mais cedo naquele dia, quando eu estava me preparando para sair do cybercafé, vi Yannis perto do porto, bem ali, no mercado de peixe, conversando com Maria. E apesar de eles estarem apenas conversando, ver os dois daquele jeito conseguiu me deixar toda estranha e nervosa, quase como se eu tivesse levado um soco no estômago – bem forte, bem certeiro.

E naquele momento, pensei: *Por que ele está ali, conversando com a Maria, se ontem à noite disse que trabalharia o dia todo?*

Pensei: *De que isso importa? VOCÊ* não mora aqui. E ele não passa de um caso divertido de verão para impedir que você morra de tédio! Daqui a pouco tempo, você vai embora e nunca mais vai vê-lo. E se o Yannis quer ficar com a Maria, o que você tem com isso? Precisa concentrar-se em si mesma e definir as prioridades! *Você já se divertiu e está na hora de sair de fininho, fugir daqui antes que comece a acreditar que está sentindo coisas que não são nem reais!*

Mas ainda assim, apesar de saber que tudo isso era verdade, o incômodo não foi embora, nem a falta de ar, nem o coração acelerado, quando vi Maria se inclinar para a frente e beijar Yannis nas duas faces.

Então, depois que Yannis acendeu todas as velas e colocou uma música para tocar, ele me abraçou, passou os lábios em meus cabelos e sussurrou "*S'agapo*", tão baixinho que quase não ouvi.

Mas eu ouvi, sim.

Só que fingi não ter ouvido.

E em vez de responder, peguei uma Coca-Cola para cada um de nós e comecei a encher os copos. E, pelo resto da noite, fui fazendo o que achei que deveria, interpretando o papel da menina que estava em um encontro divertido, romântico e feliz.

Mas durante todo o tempo, no fundo, fiquei pensando no barco que deveria pegar ~~amanhã~~ (agora, tecnicamente, hoje), que me levaria a Mykonos a tempo de ver Levi.

E ainda que isso pareça terrível, fútil, idiota e nojento.

Na verdade, eu estava só tentando ser prática.

Porque a verdade é que Yannis não estuda na Harbor High, mas o Levi, sim.

E, para começo de história, eu nunca deveria ter deixado as coisas chegarem a este ponto.

7 de agosto

Para: Levi501

De: ColbyCat

Re: Mykonos!

Oi, Levi,

Vou pegar o barco das 13 h, por isso encontro vc no píer qd vc chegar.

Té +.

Colby

CÍRCULO NA AREIA

7 de agosto

Só estou passando para falar oi porque, daqui a algumas horas, vou para CÁ!

Sim, é uma foto de MYKONOS!!!

E mal posso esperar para ver a ilha com meus próprios olhos, já que sempre morri de vontade de ir lá!

Bom, um grande amigo meu dos Estados Unidos está vindo visitar, então pretendo pegar o barco e vê-lo. Então, espero ter muitas fotos para mostrar amanhã! (Ou depois de amanhã... já que não sei bem quando voltarei!)

Então...

Quélo Taksiti para mim!

(Essa seria a fonética em grego para **boa viagem**!)

Colby

CÍRCULO NA AREIA

Comentários do blog:

Anônimo disse:

O que tem em Mykonos?

ColbyCat disse:

Moinhos de vento, pelo que me disseram.

Anônimo disse:

O que mais?

ColbyCat disse:

Um pelicano famoso no mundo todo!

Anônimo disse:

E?

ColbyCat disse:

Vida noturna agitada?

Anônimo disse:

O que você está mais ansiosa para ver? Os moinhos de vento, o pelicano ou a noite?

ColbyCat disse:

Isso é um teste?

Anônimo disse:

Não, só uma pergunta.

ColbyCat disse:

Então, vou contar quando voltar. Mas o motivo principal é que vou ver meu amigo.

Anônimo disse:

Que amigo?

ColbyCat disse:

Você me conta quem você é e eu lhe direi quem ele é. Fechado?

Anônimo disse:

Não.

ColbyCat disse:

Você que sabe.

7 de agosto

Queridos Tally e Tassos,

Estou deixando este recado na geladeira, já que vocês sempre vêm diretamente a ela quando voltam da praia, então pensei que seria mais fácil assim.

Bem, eu provavelmente deveria ter dito antes, mas estou pegando o barco para Mykonos. Mas, POR FAVOR, não saiam correndo atrás de mim, porque, quando você lerem isto, eu já terei partido.

Além disso, por favor, não se preocupem, nem se estressem, nem nada disso, porque estarei bem, e não estou brava com vocês, nem tentando fugir de casa nem nada do tipo. É que... bem, digamos que vou me encontrar com Um Amigo. Alguém que é amigo da escola. E provavelmente voltarei no fim da noite de hoje, ou talvez até amanhã de manhã, já que me esqueci de perguntar quanto tempo meu amigo vai ficar. Mas se ele passar a noite por lá, eu provavelmente também passarei. Só para fazer companhia a ele, já que não sei se ele virá com mais amigos.

Então, vejo vocês hoje à noite ou amanhã, mas, por favor, não tentem ir a Mykonos para me encontrar, porque:

1) Estarei totalmente bem, e

2) Seria totalmente embaraçoso.

Bem, obrigada por entender. (Espero que entendam; caso contrário, explicarei tudo quando voltar esta noite ou amanhã, prometo.)

Com amor,

Colby

PS: Se o Yannis vier aqui, por favor, podem dizer a ele que estou doente ou que não estou me sentindo bem, alguma coisa assim? E se ele insistir ou tentar me ver, vocês podem dizer a ele que estou tão mal que não estou a fim de ver ninguém, mas que vou procurá-lo amanhã, com certeza?

PPS: Desculpem-me por pedir para que vocês mintam, porque eu sei que vocês acreditam ser karma ruim. Mas, podem acreditar, é para uma boa causa, a qual eu também explicarei mais tarde.

7 de agosto

Mãe,

Este cartão-postal não está mentindo, porque a verdade é que estou mesmo em Mykonos. E, pelo que vi até agora, você e o papai deveriam ter me mandado para cá. Porque além de ser lindo, também é bacana, divertido e muito mais animado do que Tinos. Sabe, nada contra a tia Tally, porque ela é muito legal e NEM UM POUCO LOUCA, como vocês sempre disseram, e ela não tem culpa de Tinos ser totalmente chata em comparação a Mykonos.

E apesar de você estar tentando entender por que estou aqui, não vou contar. Afinal, você não tem sido muito sincera, porque eu sei de tudo sobre o seu namorado novo, apesar de você achar que não sei. Mas acho que podemos deixar isso para uma carta, quando houver mais espaço para escrever.

Com amor,

Sua filha decepcionada,

Colby

7 de agosto

Pai,

A parte da frente deste cartão-postal mostra uma foto de alguns dos muito famosos moinhos de vento localizados em Mykonos, onde estou agora. Mas não vou dizer o porquê, já que, apesar de você ter me contado sobre o novo namorado da mamãe, você não disse nada a respeito de estar morando com sua namorada. Mas acho que teremos de deixar essa conversa para uma das conferências divertidas em família das quais você e a mamãe parecem gostar tanto.

Obrigada por me curar de meu otimismo incontrolável.

Com amor,

Colby

7 de agosto

Querida Nat,

Sei que você deve estar bem surpresa por receber um cartão-postal meu, mas estou em Mykonos, sentada no cais, esperando o barco de Levi, e estou meio entediada, precisando de algo para fazer, por isso pensei em enviar um cartão a você.

Bom, aqui é bem lindo, como aparece na foto, e, bom, acho que o barco dele está chegando, então...

Cuide-se,

Colby

7 de agosto

Querida Amanda,

AI MEU DEUS – o barco do Levi acabou de chegar, mas pensei em mandar um oi rápido para você, já que não enviei nenhum cartão-postal a você desde que cheguei. Bom, claro que ainda não fui a essa praia – mas talvez eu vá com o Levi... quem sabe?

Bom, ele está aqui, então...

Até mais tarde...

Colby

CÍRCULO NA AREIA

8 de agosto

Este post será breve e direto ao ponto, porque estou <u>TOTALMENTE EXAUSTA</u>! Mas deve ser porque acabei de sair do barco que me trouxe de Mykonos e vim direto para o cybercafé para postar algumas destas fotos, o que provavelmente não foi a melhor ideia, já que passei a noite acordada e estou bem acabada, a ponto de Petros estar balançando a cabeça de modo a reprovar minha atitude, com uma cara feia para mim, atrás do balcão. Sem falar que ele se recusou a me fazer um frapê quando pedi.

Ele olhou bem para mim e disse: "Nada de café para você! Sua cara está péssima! Parece uma cigana! Vá para casa!".

Sim, Petros é sempre muito sincero.

E como ele parece estar falando bem sério e também parece prestes a me enxotar daqui, vou ser rápida!

1) Veja os famosos moinhos de vento de Mykonos. Lindos, não?
2) O famoso pelicano de Mykonos visto de longe! E, sim, sei que também há pelicanos em Tinos, mas eles não são muito famosos, certo?
3) A famosa vida noturna e agitada de Mykonos! E para que você saiba, tirei esta foto especialmente para VOCÊ, ANÔNIMO. Mas, para ser sincera, de todas essas coisas, tenho de admitir que gostei mais do item 4.
4) Esta é a Little Venice (Pequena Veneza), meu lugar preferido. Provavelmente porque é muito romântico o modo como a água bate nas construções, como na Veneza de verdade (apesar de eu nunca ter ido, já vi fotos). O mais engraçado é que esse lugar não estava na minha lista de lugares a ver. Mas meu amigo tinha um guia, e esse lugar estava sendo recomendado. E apesar de esta não ser a melhor foto – acho que dá para perceber por que é um lugar recomendado.
5) Esta é a foto de uma praia paradisíaca, mas permanecemos apenas o tempo suficiente para eu tirar essa foto, porque estava repleta de gays nus ou quase nus, o que assustou bastante o meu amigo.
6) Aqui está uma foto minha e de meu amigo na praia Paraíso. Devo dizer que esta foto foi registrada por uma senhora alemã totalmente pelada. E pode acreditar, Levi foi quem pediu para ela tirar a foto, não eu! Além disso, veja que Levi e eu estamos totalmente vestidos – pode acreditar, éramos os únicos!

7) Aqui é uma discoteca - eu me esqueci o nome, mas saiba que ela ficou ainda mais lotada e maluca do que dá para ver na foto. E, sim, esse cara dançando em cima do bar REALMENTE não está vestindo nada além de uma tanga preta de couro e botas de motociclista - seus olhos NÃO estão enganados, ainda que você desejasse que estivessem!
8) Aqui está uma foto da moto que o Levi bateu duas vezes, apesar de jurar que não teve culpa. Os arranhões foram causados por nós, mas eu juro por tudo que o amassado na lateral já estava ali quando alugamos a moto! Palavra de escoteira!
9) Uma foto minha, deitada na praia, vendo o pôr do sol.
10) Uma foto de Levi acenando enquanto embarcava em seu barco.
11) Uma foto do barco que me levou de volta a Tinos.
12) Uma foto de Petros fazendo cara feia para mim segundos depois de me mandar ir para casa. Dá para ver que o bigode dele está se remexendo, como se estivesse vivo? É assim que sei quando ele está falando sério. Mas, para ser sincera, pode ser que ele tenha razão. Estou bem cansada, então...

Até mais tarde...
Colby

CÍRCULO NA AREIA

Comentários do blog:

Anônimo disse:

Parece que sua viagem foi bem bacana. Também estou indo embora. Mas foi legal conhecer você.

ColbyCat disse:

Para onde você vai?

Anônimo disse:

Embora.

ColbyCat disse:

Está bem... mas vai voltar?

Anônimo disse:

Acho que não.

ColbyCat disse:

Então é isso? Você vai desaparecer no limbo dos blogs sem revelar sua identidade?

Anônimo disse:

Acho que sim.

ColbyCat disse:

Não acho justo.

Anônimo disse:

É a vida.

DIÁRIO DA COLBY PARA MOMENTOS DE DESESPERO EM QUE ELA ESTRAGOU A VIDA DE UM JEITO TÃO HORRÍVEL QUE NÃO TEM OUTRO LUGAR AO QUAL RECORRER

10 de agosto

De acordo com um dos livros da minha tia Tally, é assim que o karma funciona:

Ação-reação

Plantar-colher

O que vem, volta.

O que você dá você recebe.

Mas não preciso de um livro para me explicar isso, porque, pode acreditar, estou vivendo essa situação. E só consigo pensar que devo ter transmitido uma energia terrivelmente ruim por aí, porque estou recebendo tudo de volta agora.

As coisas com que estou lidando:

1) Tia Tally e Tassos não estão muito felizes comigo, nem muito simpáticos, porque não conseguem superar o fato de eu ter ido à ilha sem o consentimento deles.
2) Um namorado (?) que não vem mais à minha casa, não fala mais comigo, provavelmente nunca me amou e eu não sei por quê. Mas eu o vi conversando com Maria (de novo!) no porto, antes de ontem, quando voltei de Mykonos e estava saindo do cybercafé (e, não, ele não me viu), então, talvez, eu saiba por quê.
3) Um e-mail de Natalie me dizendo que a placa de VENDE-SE que estava na frente da casa foi agora substituída por outra na qual se lê VENDIDA.
4) Um telefonema rápido de minha mãe dizendo que ela não quer mais se mudar para o Arizona agora que está apaixonada pelo seu personal trainer (muito mais jovem), que, segundo ela, é <u>UMA PESSOA DE VERDADE</u>, e <u>NÃO</u> um clichê, como eu penso.
5) Um pai que anda ocupado demais para telefonar e/ou enviar um recado, porque aparentemente não está apenas de namorico, mas, sim, está noivo da namorada (também muito mais jovem, pelo que contou minha mãe), apesar de o divórcio ainda não ter sido finalizado, e pode ser que nunca seja, levando em conta o jeito com que eles têm brigado por <u>TUDO</u>.
6) Uma pessoa ANÔNIMA que se sentiu no direito de entrar na fila cada vez maior de "Pessoas que Gostariam de Registrar uma Reclamação a Respeito de Como Colby é Insuportável",

já que ele/ela abandonou meu blog de repente sem qualquer explicação.

7) Um gato que parece também acreditar que eu sou uma chata, já que recentemente descobri que, quando fui para Mykonos, eu estava com tanta pressa, que me esqueci e deixei a janela de Holly aberta – e ele ainda não voltou.

E nada disso seria problema se minha escapada tivesse valido a pena. Mas a verdade é que não valeu nada. O que tenho de experiência:

____

__________(Nada.)

Sério, estou tão vazia quanto estava quando cheguei aqui. A diferença é que agora vou voltar para casa e encontrar menos do que deixei.

Bem, a ida a Mykonos foi um fracasso total e aqui estão os motivos:

Admito que fiquei muito surpresa quando Levi saiu do barco com a mãe, o pai, a irmãzinha e o irmão juntos. Na verdade, fiquei <u>CHOCADA</u>. Sei lá, pensando bem, claro que parece bem óbvio que um cara de dezessete anos não embarcaria sozinho para um cruzeiro pelo Mediterrâneo. Mas, por algum motivo, foi o que pensei que aconteceria. Eu tinha certeza de que Levi estava viajando desde os Estados Unidos, e tolerando as paradas em Capri e Creta, apenas para poder chegar a Mykonos e curtir uma noite longa, divertida e romântica comigo.

Idiota, eu sei. Mas como esta é apenas a primeira de uma série de coisas idiotas que tenho feito ultimamente, vamos apenas chamá-la de Exemplo de Idiotice 1.

Bem, também não posso dizer que a família do Levi é exatamente o que eu esperava. Mas eles também não foram exatamente o oposto do que eu esperava, já que eu não estava esperando nada, pra começo de conversa. Eu nunca tinha sequer pensado neles até vê-los na minha frente.

Mas se eu tivesse pensado, gostaria de ter sido generosa, esperançosa e gentil o suficiente para imaginar algo melhor do que eles são na realidade, porque, olha, eles são meio embaraçosos.

Em primeiro lugar, o pai do Levi <u>FALA MUITO ALTO</u>. Sabe, alto mesmo. E agora eu sei por que os estrangeiros costumam dizer que os norte-americanos são escandalosos – é porque muitos de nós somos mesmo. Parecia que ele acreditava que se falasse bem alto, a ponto de quase gritar, os gregos o compreenderiam melhor. Mas ainda que essa tática funcionasse, na maior parte do tempo, foi bastante desnecessária, já que, até onde eu vi, a maioria das pessoas de Mykonos fala um inglês muito bom, e não precisa ouvir berros.

E a mãe dele, bem, não quero ser cruel nem ficar julgando à toa, e não acho a minha mãe tão bacana neste momento, mas ela só queria ir a lojas de joias com guias de turismo. Como se o objetivo principal de uma viagem ao exterior fosse realizar um estudo minucioso de lojas, sempre privilegiando as norte-americanas. Juro que quando eu disse que podíamos ir a Paraportiani, ou aos moinhos de vento, ou às praias, ela só semicerrava os olhos para o Sr. Bonham e perguntava: "É longe, Jim?".

Mas eu me recuso a dizer algo ruim a respeito dos irmãos menores dele. Sei lá, apesar de eles terem sido bem mimados e mal-educados e basicamente terríveis, dá pra entender com quem eles aprenderam a ser assim.

Bom, voltando ao cais, assim que eu os vi, fiz o melhor que pude para esconder minha decepção e choque, e não demonstrar espanto com o tamanho do grupo. E então, balancei os dois braços, de um lado a outro, para frente e para trás, como pernas de uma tesoura, até o Levi finalmente me ver. E depois de ele murmurar algo que parecia ser um *oi*, o pai dele se aproximou e apertou minha mão com firmeza, como se tivéssemos acabado de fechar um acordo de negócios, enquanto sua mãe permaneceu atrás dele, me olhando de cima a baixo, com os olhos semicerrados, até abaixar os óculos de sol e me encarar um pouco mais.

E então o irmãozinho dele riu, e a irmãzinha ficou olhando, enquanto Levi se inclinava para a frente para me dar o mais estranho e observado abraço do mundo.

O pai dele levou o braço à testa, e quando pensei que ele me cumprimentaria, apenas fez uma viseira com a mão e observou a paisagem. Em seguida, ele abaixou o braço rapidamente, virou-se para mim e disse: "E então, o que você vai nos mostrar primeiro?".

E como eu estava em Mykonos apenas cerca de vinte minutos a mais do que eles, só tinha visto a loja de presentes onde comprara os cartões-postais, e o cais onde estávamos naquele momento. Então, só dei de ombros e fiz o melhor que pude para explicar que era também a minha primeira visita. Que eu estava morando naquela ilhazinha, bem ali, aquela que é possível ver quando se olha para a outra margem.

E quando os cinco viraram o pescoço, todos se voltaram para mim, com a decepção escancarada em seus rostos, com seus sonhos de um passeio por uma ilha grega privativa despedaçados.

Então, a Sra. Bonham entregou ao Sr. Bonham o guia que ela levava na bolsa, e depois de muito analisar a seção intitulada ONDE COMPRAR E COMER, todos nós fomos passear por ali, passando por ruas tão estreitas e compridas que nos forçavam a caminhar em fila indiana. E, de vez em quando, o Sr. Bonham (nosso destemido líder) olhava para trás e dizia: "Todas as construções de Tinos são assim também? Porque não sei diferenciar umas das outras. Todas parecem iguais. Não consigo diferenciá-las!".

Ou então, a mãe dele contraía os lábios e dizia: "Tinos é tão... *pitoresca* assim?". E pela maneira com que ela disse *pitoresca*, ficou claro que o que ela queria dizer era *simplória*.

E quanto eles começaram a me perguntar por que todos os gregos – PREENCHA COM UMA PERGUNTA IDIOTA –, eu já tinha desistido de agradar e de passar informações que eu sabia, e comecei a dar de ombros.

Porque, primeiro de tudo, com certeza não sou autoridade sobre a Grécia, os gregos ou por que eles fazem o que fazem. Porque, na verdade, eu havia passado a maior parte do verão concentrada em uma coisa: tentando me comunicar com o pessoal da minha cidade (que seria o Item 2 da Lista de Idiotices). E o único grego do qual eu havia me aproximado eu estava traindo (seria a Idiotice 3). Então, perdoem-me por ficar um tanto relutante para falar sobre ele ou sobre o povo dele.

Então, depois de um passeio concentrado e rápido por todas as lojas de joias que Mykonos tem a oferecer, depois de o Sr. Bonham ter economizado o equivalente a cinco dólares americanos por pechinchar o preço de um colar de ouro dezoito quilates grego com a voz mais alta que se pode imaginar, todos os cinco Bonham decidiram que estavam morrendo de fome, e consultaram o guia para ver onde podiam comer um hambúrguer.

Isso mesmo, UM HAMBÚRGUER. Do mesmo tipo que temos nos Estados Unidos ou, sei lá, dentro do navio do cruzeiro, sabe? Aquele do porto.

– Vocês não gostariam de experimentar um *gyro*? – sugeri. – É muito gostoso, é como se fosse um hambúrguer grego – eu disse, porque havia passado a gostar bastante de *gyros* no curto período em que estava em Tinos.

– Oh, adoraria experimentar um desses – disse a Sra. Bonham, sorrindo daquela maneira contida que eu havia percebido ser seu sorriso de sempre. – Mas Salem e Duncan preferem coisas mais simples. Nem sempre eles gostam de pratos estrangeiros – disse ela, apontando para os filhos de doze e treze anos, colocando toda a culpa neles.

Então, fomos a uma lanchonete, uma que estava lotada de pessoas que eles reconheceram do barco. E enquanto estávamos sentados à mesa, curvados sobre nossos pratos, mastigando em silêncio e olhando para o nada, eu não pude deixar de perceber como Levi estava diferente, como, de repente, ele havia se tornado o contrário de como costuma ser em casa, do jeito como eu me lembrava dele.

Sei lá, em casa, ele age como se fosse uma divindade superbacana, o rei maior que governa a escola. Mas vê-lo sentado à minha frente, comendo fritas com catchup enquanto admirava seu anel de prata, não pude deixar de notar como ele é falso, forçado e quase vazio. Como se estivesse tão preso a suas roupas, cabelos, joias e imagem, que não sobrasse espaço para mais nada.

Então, claro, assim que pensei nisso, eu me senti horrível, terrível e culpada. Porque, até aquele momento, eu havia passado a tarde toda julgando todos eles. Assim como havia passado a noite anterior julgando Yannis. E então, pensei que talvez eu fosse a pessoa que devesse ser julgada. Talvez o problema não fosse eles. Talvez o problema fosse EU. Talvez eu fosse a pessoa sem personalidade ou identidade. Talvez eu fosse a pessoa vazia por dentro.

Porque a verdade é quando olhei para todos eles de novo, observei como aproveitavam a refeição em silêncio, obviamente satisfeitos com suas vidas e uns aos outros, e percebi que eu é que estava destoando completamente. Que enquanto aquelas pessoas sabiam exatamente quem elas eram, o que queriam, e pareciam totalmente em paz com tudo isso, eu mesma estava mais perdida e confusa do que nunca.

Eu não fazia ideia do que estava fazendo.

E, ultimamente, eu não parecia próxima de nada.

Eu estava ali, de certo modo, convencida de que estava vivendo bem, fazendo progresso na vida, quando, o tempo todo, eu estava fora de tudo e fui burra demais para perceber.

Por exemplo – o Exemplo de Idiotice 4 (obviamente, nenhum desses exemplos está em ordem cronológica):

Eu era amiga de Natalie Zippenhoffer por praticamente a minha vida toda, e apesar de ela ser bacana, esperta e interessante, além de verdadeira (e sim, uma grande *geek*), e apesar de termos mil coisas em comum (como o fato de eu ser uma baita *geed* também, e de gostarmos dos mesmos livros, músicas e filmes – que são, na maior parte, todos os livros, músicas e filmes dos quais ninguém sequer já ouviu falar, muito menos gosta), eu nem sequer hesitei quando precisei deixá-la de lado. Parece que assim que consegui ser visível e bacana porque estava junto com a Amanda, Natalie foi por água abaixo.

Acho que me senti lisonjeada ao ver que alguém tão popular e importante como Amanda queria falar comigo, sem falar andar comigo. E sem mencionar que eu esperava que ela fosse me tornar popular e importante também. Eu só queria ser conhecida por algo mais do que notas altas nas provas. Então, todas as vezes em que ela não era tão legal (o que acontecia com frequência), e sempre que ela ria de todas as coisas de que gosto (quase o tempo todo), ou eu ignorava a atitude ou fingia não mais gostar das coisas também. E então, passei a fazer o melhor que podia para evitar Natalie quando passava por ela no corredor, para continuar sendo bem-vista por Amanda.

Então, quando consegui ficar com Levi Bonham, sabia que havia conseguido um espaço.

Só depois de passar o dia com a família dele, em um lugar diferente a quilômetros de tudo o que antes o tornava tão bacana, não consegui mais lembrar por que me sentia atraída por ele.

É claro que ele continuava lindo, qualquer pessoa podia ver, já que a distância e um fuso horário diferente não conseguiriam destruir sua beleza de galã de cinema. Mas agora, ele havia passado a ser lindo de uma maneira que era intencional demais, calculada demais, premeditada demais, como se ser bonito tivesse se tornado um compromisso de tempo integral, e alguma coisa naquilo me irritava muito.

Bem, quando terminamos de comer e o pai dele pagou a conta, a família decidiu que eles já tinham "feito" Mykonos e estavam a fim de voltar para o barco. E deixaram claro que Levi estava livre para ficar e dançar comigo a noite toda.

E foi o que ele fez. Ou melhor, que nós fizemos. Mas não começamos com a dança, o que ainda era muito cedo e estava muito quente. Então, eu, acreditando que seria divertido ir à praia, consegui convencê-lo a alugar uma Vespa comigo. Mas depois de duas batidas (não foram graves, mas as duas foram culpa dele), eu insisti em assumir a direção, já que ficou claro que ele não conseguia aprender a mexer na marcha, que fica no pedal, o que eu já sabia fazer muito bem graças à aula que Yannis me deu sobre "Como Guiar a Vespa com Segurança".

Mas apesar de não termos batido de novo, ficou claro que o fato de eu estar na frente, dirigindo, não o agradava muito. Parecia que seu lado de macho alfa, de homem poderoso, não conseguia ceder o controle a uma menina.

Então, quando finalmente chegamos à praia que tinha o melhor nome de todas – Praia SuperParaíso –, ele ficou descontrolado quando viu que estava repleta de caras gays e nus, em sua maioria. E estou dizendo que ele se <u>DESCONTROLOU</u> mesmo. Como se pensasse que toda aquela nudez e homossexualidade fossem contagiosas.

Então, claro, tivemos de subir na Vespa de novo e seguir em direção à praia simples, a Paraíso, que estava repleta de fileiras e mais fileiras de meninas de *topless* e/ou nuas. O que, claro, fez com que ele insistisse para que eu tirasse a minha parte de cima, mas só por um tempo, já que havia muitos outros seios para ele "secar". E pode acreditar, ele "secou" mesmo. Virou a cabeça, arregalou os olhos, colocou a língua para fora e babou, foi um "secar" desse tipo. E ele estava sendo tão indiscreto que eu me senti envergonhada sentada ao lado dele. Porque de todas as vezes em que eu estivera na praia com Yannis, nunca tinha visto ele se comportar daquele jeito. E apesar de ser porque ele já está acostumado, por ter crescido neste ambiente, não estou brincando nem exagerando quando escrevo que Levi foi <u>RIDÍCULO</u>. Sério, mesmo depois de o sol ter se posto e de ter restado poucas pessoas na praia, eu praticamente precisei arrastá-lo pelos braços e pelas pernas para tirá-lo dali.

E então, porque estávamos em Mykonos, e porque é o que as pessoas fazem em Mykonos, fomos às discotecas. Estávamos meio sujos de areia e suados por causa do tempo na praia e tal, mas depois de uma ou duas bebidas em um bar de frente para o mar em Little Venice, não nos preocupamos com isso.

Na verdade, eu já não estava me preocupando com mais nada.

Não mais me preocupei com o divórcio de meus pais.

Não mais me preocupei com a mudança.

Não mais me preocupei com o fato de estar prestes a trair Yannis.

Não mais me preocupei com o fato de eu estar prestes a trair Yannis com alguém com quem eu já não mais me importava.

Porque, de repente, com a cabeça zonza pela bebida, e confusa, e com a música alta, e com Levi dançando tão perto... tudo ficou bom.

Na verdade, foi melhor do que bom, foi...

Luminoso!

E brilhante!

E reluzente, quente, sensual e glamouroso, animado e divertido!

E então, de repente, meus lábios estavam nos de Levi, e a língua dele estava na minha, e as mãos dele percorriam meu corpo, e meus olhos estavam fechados, e o salão começou a girar, o que foi muito legal no começo, porque pensei que estávamos girando juntos, como duas pessoas que estão tão loucamente apaixonadas que simplesmente giram pelos salões. Mas quando abri os olhos de novo, vi que ainda era Levi, e tentei me lembrar de como já tinha gostado dele, de como ele é popular e lindo. De como eu tinha sorte por estar ali, nos braços dele. De como nenhuma menina da nossa escola, nenhuma outra menina EM QUALQUER LUGAR QUE FOSSE, nunca havia dado uns amassos com ele em uma discoteca em Mykonos. Nem mesmo aquela tal de Penélope. Nem ninguém. E então, eu me lembrei de ter visto Yannis e Maria conversando e rindo perto do porto, de como ele havia sussurrado *S'agapo* para mim, e de que eu partiria em breve, então não tinha importância. Não existe o amor. Só existem pessoas que gostam de fingir que amam. A verdade é que o amor é falso, invisível e não existe de fato.

E eu me convenci tão bem dessas coisas que continuei beijando Levi. Fechei os olhos de novo, bloqueei tudo, deixei o salão ficar calmo e calado ao nosso redor, sabendo que AQUILO era real. Que momentos passageiros como aquele eram o melhor que podíamos esperar.

E então, continuamos nos beijando – entre bebidas, entre canções, mesmo depois que a discoteca fechou e fomos parar em uma praia pequena e reservada onde nos beijamos um pouco mais. Nós nos beijamos enquanto o sol nascia. Nós nos beijamos enquanto ele me dizia que precisava voltar para o barco. Nós nos beijamos enquanto ele prometia que me enviaria um e-mail. Nós nos beijamos uma última vez antes de eu partir em direção ao meu barco, onde comprei uma passagem, entrei e observei enquanto o barco dele se afastava do cais – pressionando a testa contra o vidro embaçado e cheio de riscos, tentando entender que diabos havia acabado de fazer.

CÍRCULO NA AREIA

0 Comentários:

11 de agosto

Mamãe...

Para sua informação, eu SEI que você VENDEU a casa. Recebi essa informação diretamente de minha fonte. Então, acho que o que aconteceu, aconteceu e não posso fazer mais nada.

Sinto muito que as coisas não deram certo com seu namorado (desculpa, mas não me lembro do nome dele). Mas o que preciso saber mesmo é se a mudança para o Arizona voltou a ser uma possibilidade.

Me conta...

Com amor,

Colby

11 de agosto

Papai,

Sinto muito por ter acusado você de estar noivo, sendo que você não está. Acho que minha fonte não é tão confiável quanto pensei.

Até daqui a umas semanas.

(É estranho escrever isso.)

Com amor,

Colby

11 de agosto

Para: NatalieZee

De: ColbyCat

Re: A verdade sórdida

É verdade.

Minha mãe vendeu a casa. O que posso dizer?

Mas quero agradecer a você por todo o esforço em tentar sabotar tudo desde o começo. É sério. Só por isso serei eternamente grata.

E sei que não importa muito, mas, depois de tudo o que aconteceu, quero que saiba que sou muito grata por um monte de coisas que você fez. E sinto muito por ter agido como uma BAITA FDP (sei que você detesta abreviaturas, mas você queria mesmo que eu escrevesse as palavras?). Ou, melhor ainda – como uma GRANDE IDIOTA CONFORMADA – como você disse, certa vez.

E acredite ou não, a história toda com Levi foi totalmente verdadeira. Mas, no fim, não foi tão legal quanto você pensou. Certo, talvez VOCÊ não tenha pensado que seria bom, mas todos sabemos que eu pensei que seria.

Bem, se quiser, estou achando que talvez possamos nos encontrar quando eu voltar para casa, antes que minha mãe me faça ir para o Arizona. (Sim, você leu certo, mas vou explicar em outro e-mail, outro dia.)

Ya'Sou,

Colby

12 de agosto

Queridos Tally e Tassos,

Sinto muito por:

1) *Ter feito com que vocês se preocupassem.*
2) *Não ter contado que ia a Mykonos.*

3) *Ter pedido que mentissem a Yannis.*
4) *Ter infringido a única regra da casa.*
5) *Meus pais terem obrigado vocês a me receber, acabando com sua calma, tranquilidade e paz.*
6) *Etc. (Quero dizer que tenho certeza de que há mais coisas pelas quais devo me desculpar... mas espero que vocês aceitem a desculpa em branco por todas as infrações das quais eu possa ter me esquecido de mencionar.)*

Saibam apenas que sinto muito, muito.
Com amor,
Colby

12 de agosto
Para: AmandaStar
De: ColbyCat
Re: Amor de verão!
Oi, Amanda,

Só para responder ao seu e-mail e dizer que aquelas fotos de você, Jenna, Penélope e Casey na praia estavam bem bonitas.

E respondendo a suas perguntas:

– Sim, foi divertido ver o Levi.

– E, sim, as bebidas da foto são de verdade, alcoólicas. Não há restrição de idade aqui, então, as pessoas podem fazer o que querem.

Bem, volto para casa no fim do mês, mas ainda não sei se volto para a Harbor ou não, porque você pode ou não saber, mas minha mãe vendeu a casa e não faço ideia para onde vamos.

Bom, cuide-se e obrigada por escrever...
Colby

12 de agosto
Para: Levi501
De: ColbyCat
Re: fotos da festa
Oi, Levi,

Obrigada por enviar aquelas fotos. Eu me esqueci daquele bar, mas m lembro das bebidas azuis que tomamos! Acho que ainda estou sentindo os efeitos... brincadeira! (Bom, mais ou menos).

Respondendo à sua pergunta, eu volto no dia 31 de agosto, mas, depois disso, não sei para onde vou, já que minha mãe vendeu a casa e não sei bem para onde nos mudaremos.

Bom, foi legal te ver também...

Aproveite o resto do verão!

Colby

12 de agosto

~~Querido Yannis,~~

~~Sei que você não quer falar comigo, então serei breve para pedir desculpa.~~

~~Sinto muito, muito.~~

~~Mas preciso admitir que não sei bem por que estou me desculpando, e gostaria que você conversasse comigo por tempo suficiente para me dizer, e então talvez eu tentasse explicar.~~

~~Estarei aqui até o fim do mês, se por acaso você mudar de ideia e quiser me ver.~~

~~Colby~~

~~PS: Teria sido bem legal se você tivesse me dito onde mora, ou se talvez tivesse me convidado para ir à sua casa, para eu saber para onde enviar esta carta idiota. Acho que você não me~~ S'Agapo ~~como disse aquele dia! E não vou pedir o seu endereço a Tally e a Tassos de jeito nenhum!~~

VERÃO CRUEL

13 de agosto

Isso mesmo, o VERÃO CRUEL voltou, mas apenas por tempo suficiente para eu poder dizer adeus. Depois de um breve período de sol, as nuvens voltaram e a previsão do tempo indica escuridão e tempestade a partir de agora, meus amigos.

Mas talvez seja apenas outro sinal de que o fim do verão se aproxima, que minha temporada em Tinos está acabando e que logo voltarei para casa - seja lá o que isso quer dizer...

Então, obrigada a vocês que vieram ler ou comentar.

Eu agradeço muito.

Com amor,

Colby

Diário da Colby para momentos de desespero em que ela está se sentindo realmente desesperada

14 de agosto

Então, ontem, depois de sair de meu blog idiota, deprimente e fracassado, eu estava a caminho de casa, praticamente me arrastando e alternando sentimentos de raiva e piedade por mim mesma, quando decidi parar de agir como uma criancinha boba e ir até o hotel encontrar Yannis e colocar as cartas na mesa de uma vez por todas.

Porque, em duas semanas e meia, eu voltarei para casa mesmo, provavelmente para nunca mais voltar, então de que importa se eu fizer papel de boba, disser algo idiota e/ou acabar parecendo a maior bobona do mundo? Nunca nenhum dos meus amigos vai ficar sabendo, então não tenho nada a perder.

Além disso, eu não conseguia pensar em voltar para a Califórnia e deixar as coisas como estavam: bagunçadas, não finalizadas, no ar. Afinal, se Yannis tivesse me trocado por Maria, eu queria ouvir da boca dele. E se ele tivesse me largado por algum outro motivo, eu também precisaria saber qual.

É que a coisa toda foi tão repentina e inesperada, que acredito que precisava entender. Porque de acordo com Tally e Tassos, ele não foi me procurar naquela noite.

O que quer dizer que eles não precisaram mentir para ele.

O que também quer dizer que ele não teria como saber sobre mim, Levi e Mykonos.

O que quer dizer que, independentemente do que tenha acontecido, aconteceu por causa <u>DELE</u>.

Também quer dizer que, tecnicamente, eu havia sido largada antes mesmo de entrar naquele barco.

Só não percebi quando aconteceu.

E depois de ajeitar tudo isso na minha cabeça, eu dei permissão a mim mesma para parar de me torturar, parar de me sentir tão culpada por tudo, já que no fim não importava mesmo. Aparentemente, eu estava livre e solteira, só não sabia disso.

Mas apesar de o fato de me livrar da culpa tenha feito com que eu me sentisse melhor, durou muito pouco. Porque isso também deixou uma verdade feia e indiscutível escancarada:

Eu havia sido trocada pela megera grega, mais conhecida como Maria.

E ainda que pensar nisso me deixasse enjoada, eu precisava confirmar. Precisava conseguir encarar a verdade para poder arquivá-la e seguir em frente. Afinal, já que meu verão tivera um começo e um meio, eu sabia que estava na hora de dar um fim a ele.

Mas, para ser <u>TOTALMENTE</u> sincera, terei de admitir a verdade levemente embaraçosa de que parte de mim só precisava vê-lo de novo – só mais uma vez, antes de eu ir embora e acabar com nossa história para sempre. Acho que eu só queria ter certeza de que realmente as coisas tinham terminado. Colocar um ponto final, se realmente tudo tivesse acabado.

Então, em vez de ir para casa, peguei um táxi e segui em direção ao hotel dele, pensando que ainda era cedo o suficiente e ele ainda estaria trabalhando, e torcendo para que não fosse tarde demais e acabasse encontrando Yannis fazendo algo terrível e decepcionante, como divertir Maria perto da piscina, da mesma maneira com que fizera comigo.

Então, depois de pagar o motorista, eu saí do carro e fiquei ali, olhando para a construção enorme e caótica que parecia não ter fim, já que o hotel tem bangalôs, e não é um prédio de apartamentos.

E meio sem saber por onde começar, eu me aproximei de um grupo de pedreiros, pigarreei e disse: "*Poo ee neh Yannis?*". O que, até onde sei, quer dizer: "Onde está o Yannis?". Mas quando os homens responderam dando de ombros e cutucando uns aos outros, trocando risadinhas, comecei a ficar preocupada, achando que tivesse dito a frase errada.

Mas, então, um cara mais velho se aproximou, tocou meu braço e me levou ao outro lado do hotel, onde entrou em uma sala e gritou: "*Ela! Yannis!*". E então, balançou a cabeça e riu ao se afastar.

Aqui, eu adoraria poder escrever que Yannis se virou, olhou para mim e me abraçou com força, sem querer me soltar. Mas isso é coisa de romances e filmes água com açúcar de fim de noite, não da vida real. Porque a verdade é que ele lançou um olhar comprido e demorado, e então se virou e continuou a trabalhar.

Eu fiquei ali, observando suas costas bronzeadas e musculosas cobertas de suor, seus braços fortes e definidos, os músculos em movimento enquanto ele martelava um prego, a calça jeans cortada da qual Amanda certamente faria piada (mas só porque a Amanda é uma idiota), e senti a garganta tão apertada, e o coração tão pesado e triste, que fechei os olhos e desejei que ele olhasse para mim, sem ter ideia do que eu diria se ele fizesse isso.

Afinal, o que dizer ao cara a quem você poderia ter amado se não tivesse sido tão fútil, tão insegura, tão receosa de falar sobre seus sentimentos? Como explicar que ter a aprovação de pessoas que não eram seus amigos de verdade teve mais peso do que qualquer coisa que você possa ter sentido? E como, por causa disso, eu corri para Mykonos para encontrar uma pessoa que acabou não valendo nem um pouco a pena?

Mas então, eu me lembrei de que não precisava dizer aquilo.

Porque ele não sabia de nada.

Então, eu não tinha motivos para me confessar, já que agora era ele quem precisava se confessar.

Porque ele estava no porto com Maria muito tempo antes de meu barco partir.

Ele estava rindo, conversando e se divertindo.

Foi ele quem permitiu que ela tocasse seu braço quando se inclinou para beijar o rosto dele.

Bem ali, à luz do dia.

Bem onde eu podia ver.

Sendo que, na noite anterior, ele havia dito que trabalharia durante a *siesta*, e por isso não poderia ir à praia comigo.

E foi isso que praticamente me fez decidir entrar naquele barco.

Então, se alguém precisava explicar alguma coisa, era ele.

Abri os olhos, pigarreei e disse:

– Oi, Yannis? Olá. Está tentando me ignorar? – (Isso quase não foi óbvio). Então, continuei ali, observando enquanto ele martelava outro prego, agindo como se eu não existisse.

Então, eu pigarreei de novo e disse:

– Olha, Yannis, sei que você está bravo, mas também sei que pode me ouvir, então, eu agradeceria bastante se você pudesse parar de martelar, olhasse para mim e me desse dez minutos de seu tempo.

Ele continuou martelando.

– Cinco minutos? – perguntei, sabendo que não podia exigir muito, já que eu estava nas mãos dele e aceitaria o que ele pudesse me dar.

Mais marteladas.

– Tudo bem. Um minuto e meio, oferta final – eu disse, sem perceber que estava prendendo a respiração, até que ele soltou o martelo e eu voltei a puxar o ar.

E apesar de ele continuar se recusando a olhar para mim, eu sabia que precisava aproveitar o momento enquanto durasse; sem tempo a perder, respirei fundo de novo e comecei.

– Por que você não quer falar comigo? – perguntei, com os olhos mirados em sua nuca, desejando que ele se virasse e olhasse para mim de uma vez por todas. – Por que parou de ir à minha casa e de me atender? Está bravo comigo? E se está, por quê? *O QUE ACONTECEU?* Porque eu acho que mereço uma explicação. Porque não se pode simplesmente encantar alguém, dizer *Eu te amo* e então agir como se essa pessoa não mais existisse – eu disse, ficando vermelha e trêmula, com o coração aos pulos dentro do peito, enquanto minha mente voltava para a parte do <u>EU TE AMO</u>, com a qual me torturei repassando diversas vezes.

E quando ele finalmente se virou para olhar para mim, meus olhos foram diretamente de encontro aos dele, esperando encontrar um olhar tranquilo, caloroso e carinhoso, como na semana passada. Mas agora, eles estavam diferentes, mudados, desconhecidos. A distância fria me deu a resposta que precisava.

E então, ele deu de ombros. E balançou a cabeça e disse:

– Olha, Colby. Você vai embora daqui a duas semanas?

– Duas semanas e meia – eu respondi, com o estômago revirado.

– Certo. Nós nos divertimos, mas agora acabou. Volte para a sua vida, e eu volto para a minha. – Ele deu de ombros. – Mais um verão acabou.

– Então é assim? – perguntei, com os olhos ardendo por não esperar ser deixada ou descartada com tanta facilidade.

Quem era esse cara? Será que eu não o conhecia? Será que fui tão ingênua por pensar que aquilo era mais do que um casinho de verão?

Ele deu de ombros.

– Então foi por isso que você decidiu me largar? – perguntei, surpresa por conseguir falar, já que minha garganta estava apertada. – Porque o verão acabou? Então, não vamos mais nos despedir no porto? Não trocaremos cartões-postais nem e-mails? Você simplesmente vai virar a página? Decidiu se adiantar e me largar duas semanas antes, sem me avisar? – E então, eu tentei rir, tentei emitir um som para mostrar que me importava bem menos do que parecia. Mas não consegui enganar ninguém, porque saiu muito forçado.

Mas mesmo depois de tudo isso, mesmo depois do que eu disse, ele só ergueu os ombros de novo.

O que acabou sendo uma escolha muito ruim.

Eu estreitei os olhos, coloquei as mãos na cintura, respirei fundo e fui direto ao ponto.

– Porque estou me perguntando se não há outro motivo. Estou tentando descobrir se pode ter algo a ver com o fato de ter visto você no porto com Maria – eu disse, secando as mãos suadas no short, sem saber para onde eu estava indo, mas incapaz (ou será que eu não queria?) de parar. – Eu vi vocês juntos, perto do porto, no mercado de peixe, no mesmo dia em que você não quis ir à praia comigo porque disse que tinha de trabalhar durante a *siesta*. E então, só o que sei é que você parou de ir à minha casa, não atendeu aos meus telefonemas e passou a me ignorar.

E enquanto eu esperava uma resposta, ele fez a coisa mais estranha: simplesmente balançou a cabeça e riu.

RIU!

Eu fiquei tão surpresa com a reação que demorei um pouco para perceber que não era o tipo de risada que me convidava a rir junto. Era mais um tipo de risada direcionada a NÓS. Porque estávamos juntos ali, naquela sala, compartilhando um momento tão pequeno que aquela cena só podia ser hilária. Como se nós dois juntos fôssemos tão insignificantes que chegávamos a ser uma piada.

E quando ele finalmente parou de rir, disse:

– Isso não importa mais, não é?

Eu fiquei ali, olhando para meus pés bronzeados, com os olhos concentrados no esmalte cor de pêssego, no meu anel prateado e na pequena tatuagem de estrela que minha mãe ainda não viu. Porque apesar de eu sempre ter sabido que terminaríamos, nunca pensei que doeria tanto.

Então, depois de morder o lábio com tanta força a ponto de quase sangrar, depois de piscar os olhos tantas vezes que finalmente afastei as lágrimas, tirei o cabelo do rosto, prendi atrás da orelha e disse:

– Você está certo. Nada mais importa. Então...

Eu queria terminar com algo leve, sucinto, talvez até sarcástico. Algo que mostrasse a ele que eu estava no mesmo nível que ele, que também achava graça, que estava perfeitamente bem apesar da aparência.

Mas, no fim, não disse nada. Porque minha garganta estava seca de novo, a visão borrada, e como eu não podia deixar que ele me visse daquele jeito, eu me virei e corri para fora daquela sala horrível e empoeirada... e corri até chegar em casa.

Ou, pelo menos, para a casa de verão.

Para a casa de Tally e Tassos.

Acho que não sei mais onde fica a minha casa.

VERÃO CRUEL

17 de agosto

Certo, eu sei que há alguns dias eu jurei que o blog estava acabado, ponto final! Mas, como ainda tenho duas semanas de verão, pensei em levá-lo adiante até o fim. Em parte, porque assim eu tenho algo a fazer, mas, principalmente, porque estou virando uma nova página, por assim dizer, o que significa que estou comprometida a terminar as coisas que começo.

Além disso, estou determinada a manter minha posição de Cliente Número 1 de Petros. E isso exige que eu gaste bastante tempo (e dinheiro!) bem aqui no cybercafé!

E apesar de saber que parece meio maluco, principalmente já que passei a maior parte do primeiro mês odiando todas as coisas daqui (eu me refiro a Tinos, não ao cybercafé), agora que está quase na hora da volta, estou me sentindo meio triste.

Então, pensando nisso, tenho passado menos tempo no quarto, e mais tempo na praia e explorando a ilha, às vezes com Tally e Tassos, às vezes sozinha, tirando fotos de tudo que vejo – e algumas delas você pode ver aqui:

1) Este é meu gato ainda desaparecido, o Sr. Holly Golightly. Ele é um macho preto com olhos azuis e uma mancha branca na testa. Gosta de receber carinho, mas só um pouco, porque, na maior parte do tempo, gosta de ficar solto. Então, se você encontrá-lo (e espero que encontre, porque ele está desaparecido há mais de uma semana – e eu estou <u>MUITO</u> preocupada com ele), por favor, pegue-o com cuidado (mas não segure muito forte, porque ele vai se esforçar para escapar) e traga-o diretamente ao cybercafé de Petros, ou leve-o

à loja de brinquedos da minha tia (que fica no fim da mesma rua).

2) Este é o primeiro vaso que fiz que não ruiu! Só precisei de 185 tentativas para chegar a este ponto – e pode acreditar, não estou exagerando MUITO. E só cheguei aonde cheguei porque o Tassos é o professor mais paciente, gentil, atento e generoso (eu disse PACIENTE?) do mundo. E hoje, mais tarde, ele vai me ensinar a envernizá-lo e a queimá-lo, e mal posso esperar para ver como vai ficar. (E se ficar bom, publicarei uma foto!)

3) Este é um par de brincos que fiz ontem à noite com a Tally, enquanto estávamos na varanda, comendo um pudim delicioso de arroz (com um nome que não consigo pronunciar, muito menos escrever, mas que tem a tradução literal de "arroz leitoso"), enquanto observávamos o pôr do sol, ouvíamos Beatles e fazíamos bijuterias. E apesar de ter gostado destes brincos, estou pensando em dar de presente a uma amiga, porque como Tally sempre diz: "Você deve dar sempre aos outros o que quer para si". Bom, espero que a minha amiga também goste deles.

4) Esta é uma foto de um lugar chamado Exobourgo, que é essa montanha maravilhosa aonde um amigo meu me levou certa vez, e é tão linda que decidi voltar sozinha. Demora só quinze ou vinte minutos para subir até o topo, e lá de cima a vista é maravilhosa! É sério, dá para ver Tinos toda e algumas das outras ilhas Cyclades também. É bem mágico, e, se não acredita em mim, veja o item 5.

5) Viu? Não é a vista mais maravilhosa de TODAS? Essa foto foi feita no topo do Exoburgo, e eu tenho de

dizer que nunca vi nada igual nos Estados Unidos! Veja como aquela água azul-turquesa é calma, como as casas ao longe parecem cubinhos de açúcar, e como as ilhas ao redor parecem joias marrons e brilhantes! É tão maravilhoso que eu gostaria que todos pudessem conhecer, mas, por enquanto, a foto deve servir!

6) Bom, como as outras são fotos de paisagens, não vou identificar uma a uma. Além disso, se você tem lido este blog, já deve estar bem familiarizado com areia, pedras e gerânios. Eu sei que eu estou!

Curta...
Colby

17 de agosto
Para: NatalieZee
De: ColbyCat
Re: Arizona?
Oi, Nat,

Gostaria de poder responder à sua pergunta, mas não posso. Porque a verdade é que não faço ideia se voltarei para a Harbor, se mudarei para o Arizona, ou se vou me matricular na Cyber School (e não, não sei o que é isso, mas ouvi meus pais mencionando certa vez, durante muitas de nossas brigas, então não posso descartá-la). Porque como minha mãe explicou recentemente, ela não fazia ideia de que a casa seria vendida tão rapidamente, e nas palavras dela: "Estou fazendo o melhor que posso, encontrando corretores, procurando sem parar e espalhando que procuro um lugar bacana e dentro do nosso orçamento, por isso NÃO me acuse de não estar procurando, nem de não estar me importando, nem de não estar levando isso a sério, Colby!".

Ela também me garantiu que vai me contar assim que tiver novidades, então eu preciso mesmo "parar de incomodá-la, parar de desconfiar, e deixar que ela cuide de tudo".

Sei lá.

Bom, muito legal você e sua mãe oferecerem seu endereço para eu poder permanecer na Harbor, mas não quero me impor, nem colocar vocês em apuros nem nada, e, além disso, ainda não sei se precisarei. Mas obrigada mesmo assim.

Além disso, respondendo à sua pergunta, NÃO, a Amanda não ofereceu o endereço dela. Então, fique à vontade para tirar suas conclusões.

Bom, o Petros vai fechar a loja para a *siesta*... então, preciso ir!

Colby

Diário da Colby para momentos de desespero

19 de agosto

Ontem começou como qualquer outro dia. Eu acordei, tomei o café da manhã, tomei banho, procurei pela casa, por dentro e por fora, para ver se Holly havia voltado (não voltou), e então saí e fui para o cybercafé, fazendo o caminho de sempre, e aproveitando o dia bonito, ensolarado e levemente ventoso, mas também pensando que aquele era um dia bem diferente dos outros que passei aqui. Eu me lembro de ter pensado exatamente isso.

Mas acontece que eu estava bem enganada.

Porque quando cheguei ao café e estava prestes a abrir a porta, não estava mais pensando em nada, não estava mais percebendo as coisas ao meu redor, porque estava de novo no piloto automático, esperando entrar, cumprimentar Petros, pedir um frapê e sentar à minha mesa de sempre, onde eu me conectaria e começaria a blogar.

Por isso fiquei tão surpresa ao ver a porta trancada.

Tão surpresa que logo tentei abri-la de novo. Mas continuava trancada. E mesmo depois de dar um passo para trás e ver a placa na janela, lendo que estava escrito FECHADO, e NÃO ABERTO, foi como se não acreditasse em meus olhos. Então, com as mãos em conchas ao lado de meu rosto, eu espiei lá dentro. E apesar de não ter visto ninguém ali, bati com força na janela, gritando para Petros sair da sala dos fundos, destrancar a porta e me deixar entrar logo.

E mesmo depois disso, ele não respondeu, e eu continuei ali, espiando lá dentro, tentando lembrar se era algum feriado do qual não sabia.

Mas depois de um tempo, quando a minha bolsa do laptop começou a marcar meu ombro, finalmente decidi sair, e estava virando para ir embora quando vi Yannis saindo de uma loja próxima.

Bem, meu coração começou a pular, e as palmas de minhas mãos começaram a suar, e me senti em pânico tão repentinamente (sem dizer que também me senti repentinamente ridícula por me sentir em pânico tão repentinamente) que olhei ao redor, procurando um lugar onde me esconder, um lugar onde eu pudesse me enfiar, onde ele não pudesse me ver.

Mas não encontrei um lugar assim. Porque eu estava presa à vista de todos, e ele estava seguindo na minha direção. E sem qualquer outra opção, respirei fundo e ordenei a mim mesma que crescesse, relaxasse e lidasse com aquilo de frente. E enquanto duvidava que conseguiria fazer isso, me ocorreu que talvez ele não estivesse vindo na MINHA direção. Ele provavelmente estava apenas tentando chegar ao fim da rua, uma rua em que, sem que ele tivesse culpa, eu estava.

Então, quando ele chegou bem mais perto, eu me virei depressa e comecei a me afastar, e as solas de minhas sandálias batiam no chão como se eu tivesse outro lugar aonde ir.

E mesmo depois de ele começar a me chamar, dizendo: "Colby, Ei! Espere, por favor!", eu continuei andando. Mesmo quando comecei a me sentir sem fôlego, persisti. Porque de jeito nenhum eu pararia para ver o que ele queria. Eu mal tinha me recuperado de nossa última conversa, então, eu não estava a fim de passar por tudo de novo.

Mas parece que todo aquele trabalho na construção tem deixado Yannis com mais condicionamento físico do que eu, porque, quando me dei conta, a mão dele estava em meu ombro, e ele estava praticamente me forçando a parar, virar e olhar para ele. E quando eu finalmente desisti, quando finalmente me virei e olhei, o rosto dele parecia tão triste e tão sério, que meu coração parou por algumas batidas.

Porque naquele exato momento eu SABIA que ele estava prestes a se desculpar. Eu tinha CERTEZA de que ele retiraria tudo o que dissera, incluindo a maneira horrível com que havia rido de mim/nós. Sabe, foi muito óbvio, a prova estava bem ali na minha frente, eu só precisava olhar nos olhos dele e ver.

E a única coisa que me restava era decidir se aceitaria ou não.

Mas, em vez disso, ele disse:

– Colby, sinto muito, mas o Petros morreu.

Fiquei olhando para ele pelo que pareceu uma eternidade, mas que provavelmente foram apenas alguns segundos, e então eu disse:

– Não, ele não morreu. – E voltei a descer a rua.

Mas eu tinha dado apenas dois passos e logo Yannis estava perto de mim de novo. Dessa vez, ele colocou as duas mãos em meus ombros, olhou dentro de meus olhos e disse:

– Colby, o Petros teve um ataque cardíaco. Não resistiu.

Mas eu só balancei a cabeça e me afastei.

– Você está enganado. Eu o vi ontem, e, para a sua informação, ele estava totalmente bem – eu disse, tentando entender por que ele tentaria fazer algo tão cruel. Afinal, o que esperava conseguir com aquilo? Por que estava se esforçando tanto para me magoar?

Mas apesar de ele estar balançando a cabeça e dizendo "Olha, Colby, é verdade. Eles pretendiam levá-lo de avião a Atenas, mas ele não resistiu. Sinto muito por ter que lhe dar essa notícia", eu simplesmente me virei e caminhei em direção à casa.

E quando vi Tally e Tassos naquela noite, eles confirmaram que era verdade. Mas apesar de eles terem ficado me rondando, perguntando se eu estava bem, insistindo em dizer que era perfeitamente normal que eu chorasse, eu simplesmente não conseguia chorar. Porque eu não conhecia o Petros tão bem. Eu não havia me permitido uma aproximação maior. Ele era só um cara que vendia café e conexão de internet. Só isso, nada mais.

Assim como Yannis era um cara com quem eu tinha saído.

E Holly era só um gato que eu havia resgatado, até ele ficar bem o suficiente para sumir sozinho de novo.

E se em algum momento do passado eu tivesse sido descuidada o suficiente para pensar que algumas dessas coisas tinham mais valor do que tinham, bem, elas não existiam mais. Porque a verdade é que é muito melhor não se permitir envolver demais com alguém ou alguma coisa.

Porque no fim... tudo termina.

21 de agosto

Pai,

Não sei se eu disse, mas hoje haverá um velório ~~de um amigo meu~~ de uma pessoa que conheci aqui. Mas vou à praia em vez de ir ao velório, porque eu não o conhecia muito bem, e, como só tenho um pouco mais de uma semana para ficar aqui, acho que posso passá-la na praia. Não sei nem por que eu escrevi isso, talvez seja porque o verão está quase no fim, e não tenho muito mais o que dizer.

Certo, até mais.

Com amor,

Colby

PS: Ah sim, eu queria perguntar se ainda tem espaço suficiente para mim, para quando eu for visitar você. Sei lá, agora que sua namorada está morando com você. Me avisa.

21 de agosto

Mãe,

Eu adoraria se, da próxima vez que conversarmos ao telefone, você parasse de me contar coisas sobre o papai, porque acho que ele próprio pode me contar as coisas se quiser que eu saiba, e, sinceramente, neste exatamente momento, a única coisa que quero saber dele é onde vou morar quando voltar. É só isso mesmo.

Claro, também quero saber como você está, não me entenda mal, mas definitivamente não quero saber de nada além dessas duas coisas.

Desculpa se isso parece meio rude, mas não sei como dizer de outro modo.

Com amor,

Colby

~~PS: Um cara que eu conheci aqui recentemente morreu e o velório dele é hoje, mas acho que vou à praia.~~ *Desculpa, pode ignorar isso. Nem sei por que escrevi.*

21 de agosto

Querida Nat,

Estou escrevendo este cartão-postal para você porque o cara que era dono do cybercafé (Petros) morreu de ataque cardíaco e o velório dele é hoje, o que quer dizer que o cybercafé está fechado. Então, pensei em escrever um cartão. E acho que vou à praia, já que não vejo motivo em ir ao velório de alguém que eu mal conhecia e que não era um amigo de verdade nem nada.

Ainda não sei onde vou morar... você acredita nisso?

Bem, até mais...

Colby

21 de agosto

Querida Amanda,

Não sei se você tentou me enviar um e-mail ou não, mas não tenho acesso à internet agora, já que o cara que era dono do cybercafé (Petros, aquele que tinha um bigode do qual você tirou sarro), bem, ele teve um ataque cardíaco e morreu de repente. Então, a loja dele está fechada... não poderei escrever no blog nem mandar e-mails por um tempo, talvez nunca mais, não sei bem. A loja está fechada hoje, já que é o dia do velório dele, mas vou passar o resto do dia na praia.

Bem, só pensei em avisar por que não responderia, se por acaso você tentou/tentar me escrever.

Té +...

Colby

21 de agosto

Queridos Tally e Tassos,

Vou para a praia hoje, então provavelmente só os verei à noite. Bom dia.

Com amor,

Colby

Diário da Colby para momentos de desespero quando ela não sabe por que se sente tão desesperada

21 de agosto

Por mais difícil que seja acreditar, hoje é o dia que marca a primeira vez em que tirei meu diário de casa e o trouxe à praia. Mas também é uma das primeiras vezes em que vim à praia sozinha. E nem sei ao certo por que decidi fazer isso hoje, exceto pelo fato de estar a fim de ficar sozinha. Mas cansei de ficar sozinha no meu quarto, porque já passei tempo demais ali, então pensei em ir para algum lugar quente, bonito e ensolarado, mas também silencioso.

E é engraçado como ficar aqui, com a minha toalha, escrevendo, faz com que eu sinta que estou mantendo a minha rotina, já que estou acostumada a passar as manhãs escrevendo no blog, enviando e-mails, cartões-postais e cartas, apesar de sempre ter sido no cybercafé, nunca aqui, e sempre enquanto eu bebericava um frapê, e não água mineral. Mas, ainda assim, faz parecer que tudo ainda está normal, que minha rotina ainda é útil, e que nada mudou.

Mas não me iludo tanto a ponto de acreditar em nada disso.

Muito mais tarde:

Bom, depois de escrever isso, comecei a me sentir engasgada. É sério, minha garganta começou a doer, e meus olhos começaram a arder, mas, dessa vez, não consegui fazer nada para me controlar. E apesar de ter tentado parar, apesar de ter tentado prender tudo, não demorou muito para as lágrimas começarem a rolar. Então, eu me levantei da toalha e corri para o mar, onde mergulhei e nadei o mais longe que pude, com os olhos fechados para que não entrasse a água salgada, cega a tudo que estava à minha frente, mas não me importei. E quando não tinha mais fôlego, continuei, puxando o ar antes de mergulhar de novo e continuar, nadando para o ponto mais longe, com o máximo de velocidade, com os braços e as pernas doendo pelo esforço, até eles ficarem moles, fracos e inúteis. E quando finalmente parei, eu me entreguei ao mar, fiquei boiando de costas com os olhos fechados contra o sol, sentindo o calor secar meu rosto, deixando trilhas de sal em minhas faces. Calei meus pensamentos em minha mente, recusei-me a me conectar com qualquer coisa que não fosse o bater suave da água, até os dedos das mãos e dos pés enrugarem. Até a ameaça das emoções passar.

E então, mais tarde, voltei para a praia e senti meu estômago revirar ao ver Tally sentada ao lado de minha toalha. Mas simplesmente respirei fundo e continuei andando, um pé na frente do outro até ficar bem na frente dela. E então, agi como se tudo estivesse perfeitamente normal. Sorri e disse:

– Oi, Tally, como está?

E então, torci meus cabelos em uma espiral comprida, e os apertei entre as palmas das mãos, observando a água do mar escorrer pelas pontas.

Ela sorriu e deu de ombros, e então murmurou algo a respeito de ser um dia lindo para ir à praia, e meu coração pulou até a boca quando vi que havia deixado meu diário bem ali na minha toalha, todo aberto e pronto para que alguém curioso o lesse.

E quando comecei a pegá-lo, com medo de pensar o que ela poderia ter visto, eu me lembrei de que aquela era a Tally, minha tia paz e amor e respeitosa à privacidade alheia, que nunca sequer pensaria em espiar o diário de alguém.

O que a torna o exato oposto de sua irmã/minha mãe, que teria espiado de cara, sem pensar duas vezes.

Então, eu o afastei com o pé, como se ele não tivesse importância nem valor, e então me sentei ao lado dela e admirei meu bronzeado ao esticar as pernas à minha frente (bem, pelo menos até chegar às unhas, que precisavam desesperadamente de um esmalte novo). E como ela estava sentada ao me lado sem dizer nada, eu virei para ela e perguntei:

– Onde está o Tassos? – Apesar de imaginar que ele estivesse trabalhando no estúdio. Mas não me importei em ouvir a resposta – eu só queria interromper o silêncio.

Mas ela disse:

– Em casa, arrumando-se.

E quando eu estava prestes a perguntar: *arrumando-se para quê?*, eu <u>ME LEMBREI</u>. Então, fechei a boca e deixei as coisas assim.

– Decidi vir me sentar com você um pouco. Tudo bem? – perguntou ela, olhando para mim com atenção, o que fez com que eu me sentisse meio mal, mas, ainda assim, eu dei de ombros. – Você vai embora logo e eu estou com a sensação de que não passamos tempo suficiente juntas. – Ela riu. – Maluco, não? Vivemos quase três meses juntas, mas, de certa forma, o tempo voou. – Ela sorriu.

Olhei para ela e assenti, e então voltei a olhar para meus dedos, em parte porque não confiava na sensação horrível na garganta que estava voltando, mas principalmente porque fiquei tentando imaginar como ela ligaria aquela conversa com o assunto o velório de Petros, dizendo que era estranho que nenhuma de nós fôssemos. Principalmente eu.

Mas, em vez disso, ela apenas sussurrou e disse:

– Espero que não tenha sido tão ruim, Colby, o tempo que você passou aqui. Sei que meu estilo de vida não é bem o que você queria para as suas férias de verão.

Eu simplesmente dei de ombros, porque, apesar de a maior parte do tempo ter sido ruim, não foi culpa dela.

– Tenho de admitir que quando sua mãe telefonou para perguntar se eu a receberia no verão, fiquei mais do que surpresa. – Ela riu. – Mas então, ela explicou sobre o divórcio, e eu pensei que seria um tempo bom para você. Porque, pode acreditar, sei como é.

Olhei para ela, tentando entender aonde ela queria chegar. Afinal, como ela poderia "saber como é" sendo que a minha avó era sozinha apenas porque meu avô tinha morrido? Como ela poderia saber como era terrível quando seus pais acordavam um belo dia e decidiam que, a partir daquele momento, eles passariam a se detestar?

– Eu fui casada. – Ela sorriu, respondendo à pergunta que eu ainda não tinha feito. – Há muito tempo, antes de eu me mudar para cá. Durou apenas um ano, e você era apenas um bebê, por isso não sabia.

– Foi horrível? – perguntei, preparando-me para ouvir uma história muito cheia de detalhes, ou trágica.

Mas ela só deu de ombros.

– Não tanto. – E quando viu minha expressão, riu e disse: – Nem todos os finais são ruins, Colby, assim como nem todos são felizes. Alguns finais... apenas... são. – Ela deu de ombros. – Mas independentemente do que acontece, nos saímos bem.

E quando olhei para ela, eu pensei:

Lá vem mais papo sobre amor e paz!

Mas então, no mesmo momento, eu me senti muito culpada por pensar aquilo, então peguei um pouco de areia, centralizei os grãos na palma da mão e observei todos eles escorrerem por meus dedos, voltando de onde saíram, acomodando-se como se não tivessem sido remexidos. E depois de um longo silêncio, que não consegui mais suportar, eu disse:

– Bem, talvez as coisas tenham ficado bem para você, mas, se quer saber, o divórcio de meus pais ainda não foi finalizado, e meu pai já está morando com uma pessoa, e minha mãe vendeu a casa e não faz ideia para onde vamos, porque está ocupada demais obcecada com a namorada de meu pai, e eles continuam assim, destruindo a vida de todo mundo, e não posso fazer nada a respeito! Não há nadinha que eu possa fazer para mudar isso! Então, sim, acho que você tem razão, acho que simplesmente preciso aceitar tudo porque é assim que as coisas são, mas não quer dizer que ficarei bem, sabe, você não pode PROVAR isso porque não há garantias... Mas apesar de estar pronta para falar sem parar, eu me cortei naquele momento, porque não podia garantir que não faria algo totalmente embaraçoso, como começar a chorar bem na frente dela, ou coisa pior.

Mas Tally apenas balançou a cabeça e disse:

– Você tem razão, Colby. Você não teve escolha, e todas as coisas que está enfrentando estão fora de seu controle. Mas o que quero dizer é que apesar de ser verdade que todas essas coisas aconteceram, você passou por isso, e ainda está bem. E continuará bem. Sua mãe encontrará um lugar onde vocês poderão morar, e você ficará bem. E se tiver que ir para uma escola nova, não vai demorar a se adaptar, a fazer novos amigos, e ficará bem de novo. Vai conhecer a nova namorada de seu pai, e não importa se gostará ou não dela, porque, de qualquer modo, você ficará bem. A vida é uma constante mudança, Colby. Nossa tarefa é fazer os ajustes necessários para continuarmos bem.

Mas ela ainda não havia acabado de falar quando eu comecei a balançar a cabeça.

– Hum, me desculpa por dizer isto, mas como você sabe? Sei lá, a sua vida não tem muitas mudanças – eu disse, pensando que ela havia se mudado para um lugar incrivelmente parado e calmo, a ponto de parecer que nada muda há mais de um século. – Sabe, você compra ovos de uma senhora que os vende com um burrinho, e você compra os peixes de um pescador no porto, nem sequer tem computador, muito menos televisão, sem dizer que você e Tassos basicamente têm a mesma rotina, todos os dias, faça chuva ou faça sol. Então, não quero ser grosseira nem nada, mas, diante de tudo isso, não entendo como você pode se dizer autoridade no assunto mudança. Você praticamente vive em uma bolha, isolada do tempo!

Mas apesar de eu estar pronta para uma briga, Tally só riu.

– Você está certa – disse ela, com as pernas cruzadas, os braços cruzados sobre o colo, o rosto sereno como o de uma estátua do Buda que ela tem no jardim. – E foi exatamente por isso que me mudei para cá, para começo de conversa. Eu estava procurando um lugar estável, constante e calmo. E sabe o que encontrei? Mais mudanças. Talvez não tão intensas quanto antes, mas, ainda assim, a vida aqui muda como qualquer outra vida. Às vezes, a mudança é pequena, às vezes, não, mas, no fim, sempre saímos melhores, mais inteligentes ou talvez apenas bem. E se tiver sorte, consegue essas três coisas.

E foi quando rolei os olhos.

Sei que não deveria ter feito isso, mas não consegui evitar, porque por mais que eu tivesse aprendido a gostar dela, por mais que tivesse aprendido a tolerar nossas enormes diferenças, às vezes ela exagerava.

Eu observei enquanto ela calmamente se levantou, pegou as chaves, olhou para mim e disse:

– O segredo é aprender a ver com o coração, não com os olhos, Colby.

E quando eu a chamei para perguntar aonde ela ia, ela apenas sorriu e disse:

– Tenho de ir a um velório.

21 de agosto
Queridos Tally e Tassos,
O carteiro acabou de entregar seu COMPUTADOR novo!
Deixei a caixa na cozinha, perto da mesa.
Isso é verdade?
Podem pedir ajuda se precisarem aprender a usá-lo!
Colby

Diário da Colby

22 de agosto

Assim que ouvi o jipe de minha tia se afastando, eu me levantei da toalha e corri atrás dela, balançando os braços e gritando na nuvem de poeira que ela havia deixado para trás, mas já era tarde demais, ela já havia partido. Então, eu corri de volta à praia, enfiei tudo na bolsa e voltei para a estrada e caminhei até a casa. Ignorando a dor forte na lateral de meu corpo, eu puxei o ar e segui em frente, concentrando-me em mais nada além de trocar de roupa e vestir algo adequado para o velório de Petros.

Porque assim que a Tally saiu, eu percebi que ela tinha razão. Estava na hora de parar de me preocupar com TUDO. Parar de me preocupar com a maneira com que tudo TERMINARIA. E aprender a aproveitar o que tenho – enquanto tiver.

E quando estava prestes a entrar, um carro de entrega parou na frente da casa, e um cara saiu de dentro dele segurando uma caixa enorme nas mãos, pediu para eu assinar um recibo e eu quase caí para trás ao ver que se tratava de um computador.

Mas não tive muito tempo para parar e me surpreender, porque eu sabia que o velório provavelmente já havia começado, e não queria me atrasar mais do que já estava atrasada, já que os gregos levam suas tradições muito a sério.

Então, depois de tomar um banho bem rápido, e de prender os cabelos molhados e limpos em um coque, eu vesti um vestido preto, sandálias e corri porta afora, até a igreja, onde eu esperava que o velório estivesse ocorrendo, porque se eu estivesse enganada, teria de decidir entre 699 outros lugares. E quando entrei, o salão estava tão escuro e enfumaçado com incenso que meus olhos demoraram um pouco a se ajustar, e apesar de ter visto Tally e Tassos no meio, decidi permanecer no fundo e tentar não chamar mais atenção do que já havia atraído.

Eu me recostei na parede dos fundos, ouvindo os padres, que vestiam batinas compridas e decoradas, entoarem uma série infinita de palavras totalmente desconhecidas, enquanto eu analisava a multidão de pesarosos, e vi o filho de Petros, Stavros, esforçando-se para manter-se firme apesar de claramente estar tomado pela tristeza, abraçando uma mulher baixa, pálida e trêmula, que concluí ser sua mãe. E depois de ver o cara que trabalha no banco, fazer um meneio de cabeça para o cara que vende *gyros* e cumprimentar e reconhecer um monte de outras pessoas, eu percebi que, por mais que tivesse lutado contra, eu havia, de certa forma, me tornado parte da comunidade.

E então eu congelei, sério, a ponto de não conseguir piscar, respirar nem me mexer quando vi Yannis ao lado de Maria. Mas só durou um segundo. Porque apesar de vê-los ter causado uma dor aguda em meu estômago, eu consegui, por fim, forçar meu olhar a se direcionar para outro ponto, e me lembrei de que estava ali para homenagear Petros, não para reviver minha longa lista de arrependimentos.

Depois da cerimônia, todo mundo saiu da igreja e caminhou em direção ao cemitério, e eu estava na porta, esperando Tally e Tassos me acompanharem, quando Yannis veio ao meu lado e sussurrou:

– Caminhe comigo.

Não foi uma pergunta, mas também não foi uma ordem; acho que foi uma sugestão.

E eu caminhei. Saí pela porta e caminhei ao lado dele, e nós dois permanecemos calados, apenas seguindo o fluxo de pessoas, até que ele pegou minha mão, me encostou na parede e deixou todo mundo passar, até ficarmos só nós dois.

Então, ele olhou para mim e perguntou:

– Você está bem?

Ele olhou em meus olhos, e seu rosto demonstrava tanta intensidade, preocupação e cuidado, que eu não aguentei. Comecei a rir.

Não por achar graça nem nada disso, já que, claro, era uma pergunta totalmente normal diante daquelas circunstâncias (diferentemente de minha resposta, que foi qualquer coisa, menos normal). Mas depois de ouvir o discurso de Tally na praia, tudo me pareceu muito engraçado. Porque a verdade é que, até ele ter perguntado, eu nem sequer tinha percebido que estava bem. Que, pensando bem, havia passado todo o tempo bem. Que apesar de ainda estar muito triste por causa de Petros, e ainda bem preocupada com meu futuro, e ainda mais do que irritada com meus pais, e ainda possivelmente escolhendo os amigos errados, eu, Colby Catherine Cavendish, ainda estava bem. E havia uma bela chance de eu continuar daquela maneira, independentemente do que ocorresse.

Que, com um pouco de esforço, a maioria dos meus erros idiotas poderia ser consertada. E quanto ao resto? Bem, eu teria de aprender a lidar. E por algum motivo bem idiota, que não sei explicar, tudo aquilo fez com que eu sentisse vontade de rir, apesar de NÃO ser a reação que ele esperava (tampouco seria uma conduta apropriada para alguém que havia acabado de sair de um velório). Mas acho que foi bom rir de novo. Já fazia muito tempo que eu não ria.

E como sempre acontece com as risadas, não demorou muito para Yannis começar a rir comigo, apesar de ter ficado óbvio que se tratava muito mais de uma risada hesitante, confusa, como se ele não soubesse bem por que estava participando, mas deve ter pensado: "Bem, por que não?".

Então, quando eu finalmente me acalmei, olhei bem nos olhos dele e disse:

– Ai, meu Deus, você é o anônimo, não é? – Apesar de não ter percebido nada até aquele momento.

Ele assentiu.

Então, eu disse:

– E foi por isso que você me largou, porque você leu sobre minha ida a Mykonos. – E quando vi que ele estava assentindo de novo, não acreditei que havia demorado tanto para entender. Mas ainda não fazia ideia de como ele soubera sobre o blog, para começo de história, porque eu nunca contei nada a ele. Mas eu também sabia que não importava. O que importava era a maneira com que eu o havia machucado. Então, eu olhei para ele e disse:

– Me desculpa. – Pareceu um tanto inadequado, então continuei: – Mas não é o que você achou, porque nada aconteceu, eu juro. Sabe, não vou mentir, nós nos beijamos... – Olhei para ele por um momento, e então desviei o olhar, porque a dor nos olhos dele foi grande demais para eu suportar. – Mas só isso. *Mesmo...*

Desviei o olhar e o mantive em meus pés, desejando poder voltar no tempo e mudar as coisas, mas sabendo que só poderia seguir em frente. Então, respirei fundo e disse:

– Acho que eu estava com muito medo do que poderia perder, do que poderia deixar de viver, que me esqueci de aproveitar o que tenho. E eu acreditei, de certo modo, que afastar você e rejeitar tudo aqui seria uma maneira de reaver minha vida de antes, aquela que deixei para trás. Mas não deu certo. Só fiquei me sentindo triste, péssima e vazia por dentro.

Quando o olhei novamente, ele estava olhando nos meus olhos, e precisei me esforçar muito para não desviar o olhar.

– Ele é seu namorado? – perguntou ele, com os olhos semicerrados.

Eu balancei a cabeça.

– Eu nem gosto dele.

– E nada aconteceu?

Olhei para ele e engoli em seco, odiando as palavras, mas sabendo que precisava dizê-las.

– Nós nos beijamos, mas foi só isso.

Minhas mãos tremiam, as palmas suavam, e os lábios estavam tão contraídos que doíam. Quando vi a expressão dele, segundos antes de ele balançar a cabeça e desviar o olhar, eu soube que não adiantava mais nada. Estava tudo terminado.

Mas então, ele deu de ombros e disse:

– Sinto muito também.

Eu fiquei paralisada, tentando imaginar se ele tinha uma confissão a fazer, algo sobre Maria. E sem saber se eu queria os detalhes, mas sabendo que ele precisava daquela oportunidade, perguntei:

– Do que você está se desculpando?

Ele balançou a cabeça.

– Foi uma brincadeira boba fingir ser anônimo. Eu deveria ter dito. Só queria conhecer você melhor. Sempre tive a impressão de que você estava guardando alguma coisa. Você poderia ter me dito sobre seus pais, e sobre a visita de seu amigo. Por que manteve tudo em segredo?

E apesar de ser uma pergunta boa, razoável e válida, não quer dizer que eu tivesse uma resposta. Então, dei de ombros e disse:

– Bom, agora você sabe. Mas como soube sobre o blog? Petros é outro primo seu?

Yannis riu.

– Ele é primo de meu primo, mas não tem relação direta comigo. Eu fui ao cybercafé dele um dia quando você estava ali, e eu a reconheci do barco, mas você não me viu, já que estava ocupada digitando. E quando perguntei a Petros sobre você, ele me contou sobre o blog, e comecei a ler seus textos para poder saber mais a seu respeito. Só fui ao churrasco de 4 de Julho para poder falar com você. – Ele deu de ombros.

– Então você estava me perseguindo? – perguntei, percebendo que, por ser alguém que acreditava ter todas as respostas, eu não sabia muito sobre nada.

Mas ele só riu.

– E a Maria? – perguntei, ainda sentindo aquela dor no estômago, apesar de tudo o que ele havia acabado de me contar.

Mas ele apenas balançou a cabeça e deslizou pela parede, aproximando-se tanto que pude sentir o calor de seu corpo, sua respiração em meu rosto, quando olhou para mim e disse:

– Eu só fui ao porto aquele dia porque estava comprando as flores e a comida para o nosso encontro. Não estou interessado na Maria. – Ele olhou para mim. – Infelizmente, ainda estou interessado em você.

– Infelizmente? – perguntei, quase sem conseguir respirar quando ele levou a mão ao meu rosto, passou os dedos por minhas têmporas, minha face, parando por tempo suficiente para prender uma mecha de cabelo atrás de minha orelha, e contornou a curva de meu queixo.

– Você vai embora. – Ele deu de ombros, com os olhos voltados para o meu, os dedos levantando meu rosto na direção do dele. – Por isso é infelizmente.

– E o que vai acontecer agora? – perguntei quando ele beijou meu pescoço, entre minha orelha e meu colar.

– Vamos aproveitar ao máximo – disse ele, beijando minha boca.

Nós nos beijamos. Ali mesmo, perto do muro branco, no meio da cidade, onde todo mundo podia ver. Nós estávamos abraçados, perdidos em nosso mundinho, alheios a tudo ao nosso redor, até que uma senhora passou e fez um som de reprovação.

Na verdade, ela também sussurrou alguma coisa. Mas apesar de eu ter pedido a Yannis que traduzisse, ele só balançou a cabeça, e disse que era melhor eu não saber. Então, segurou minha mão e me levou até onde uma outra senhora estava vendendo flores de um cesto pendurado em seu burro.

É claro que eu disse:

– Ah, você não precisa me dar flores. – Apesar de, secretamente, estar adorando aquilo.

Mas ele só riu e disse:

– Não são para você, são para Petros. É uma tradição.

Quando chegamos ao cemitério, a cerimônia já havia terminado e todos já tinham ido embora. Então, Yannis e eu nos aproximamos do túmulo e eu observei enquanto ele colocava uma única rosa branca sobre o túmulo e dizia algumas palavras em grego. Coloquei uma rosa cor-de-rosa ao lado da dele e disse:

– Obrigada por ser meu amigo. E obrigada por me dar bons conselhos e por me dizer para desligar o computador, sair e viver. E obrigada também por ter sido direto ao dizer quando acreditava que eu estava no caminho errado. – Olhei para Yannis logo depois, tentando imaginar se Petros havia dito a ele a respeito do dia em que voltei de Mykonos e da minha aparência horrível, cheirando a álcool e suor, mas ele continuava olhando para o túmulo. Então respirei profundamente e continuei: – E obrigada por aquele frapê grátis. Sentirei sua falta.

E apesar de ter pensado que começaria a chorar assim que dissesse aquilo, não chorei. Mas não porque eu estava envergonhada ou queria parecer forte ou bacana na frente de Yannis – acho que o fato de saber que era normal demonstrar emoção tirou a necessidade de esconder meus sentimentos.

E depois de nos despedirmos de Petros, Yannis segurou minha mão e fomos para a cidade, ansiosos para compensar o tempo perdido.

CÍRCULO NA AREIA

25 de agosto

Voltei! Graças à Tally e ao Tassos, que agora estão conectados no novo milênio e finalmente instalaram internet sem fio aqui! Eba! Isso quer dizer que agora posso blogar do conforto de meu quarto, da mesa da cozinha, do sofá, da varanda, de onde quiser! E tudo isso porque eles disseram que querem manter contato comigo! E apesar de não duvidar que isso seja verdade, também sei que eles estão pensando em vender toda a arte e as coisas que eles fazem em uma loja on-line, então, eles precisam de um computador para isso.

Bom, vocês provavelmente ficaram um pouco confusos quando viram o nome do blog, certo? Eu sei, eu sei que pareço não conseguir me decidir sobre um título. Acho que costumo ser meio instável, meio inconstante, e talvez até um pouquinho impulsiva (mas esses são apenas alguns de meus muitos e muitos traços). Mas deixe-me dizer que o "Círculo na Areia" está de volta oficialmente e continuará no ar pelo menos até a minha partida, no dia 31 de agosto, que, infelizmente, é daqui a poucos dias.

Sim, você leu certo, eu disse <u>INFELIZMENTE</u>. Porque apesar de ter passado a maior parte do verão desejando estar em qualquer outro lugar, menos aqui, olha só, agora que já está quase na hora de eu partir, esse se tornou o único lugar onde quero estar.

Mesmo assim, a verdade é que tenho poucos dias aqui, e como estou determinada a não perder mais tempo do que já perdi, farei com que esta postagem seja curta e direta e mostrarei o que ando fazendo:

1) Esta é uma foto minha e de Yannis no barco do primo dele. Pensei que eu ensinaria a eles a praticar *wakeboarding*, até descobrir que eles já sabiam como fazer isso – bem, mas BEM melhor do que eu.
2) Eu e Yannis deitados na praia, no mesmo dia, depois da aula de *wakeboarding*. Percebam como eu estava arrasada e exausta. É isso o que cair da prancha diversas vezes faz com uma pessoa.
3) Eu e o primo de Yannis comendo um ouriço-do-mar que EU peguei! É sério! Quer dizer, espetei meu dedo enquanto o pegava, mas, ainda assim, foi maravilhoso. Isso mesmo, acredite ou não, eu já aprendi a adorar comer ouriço-do-mar e não faço ideia do que farei quando voltar para casa e não puder comê-los o tempo todo. Mas acho que sempre terei *frozen yogurt* – algo que eles não têm aqui!
4) Nós, na discoteca, dançando. Blá, blá, blá, sei que vocês já viram fotos assim mil vezes. Então, seguindo...
5) Opa! Certo, de novo, mais uma foto de nós bebendo (não tinha álcool, eu juro!) e em nosso canto de sempre. Gosto de pensar que este é o canto VIP, apesar de não ser.
6) Uma foto de nossa (Yannis e minha) praia preferida. Mas não dá para ver muito bem porque foi feita à noite, depois da discoteca, por isso só dá para ver areia escura, água mais escura e um céu muito escuro.
7) Outra foto de meu gato, o Sr. Holly Golightly, que está desaparecido há várias semanas. Se vocês o encontrarem, por favor, mas por favor mesmo, peguem-no com cuidado (porque ele NÃO gosta de receber carinhos ou ser seguro por muito tempo – e pode

acreditar, não é NADA legal ser arranhado) e entreguem-no na Loja de Presentes da Tally, localizada em frente ao porto. Prometo que haverá recompensa.

É só isso por enquanto!

Ciao!

Colby

26 de agosto

Para: AmandaStar

De: ColbyCat

Re: E aí, e o cara da sandália?

Oi, Amanda,

Acabei de receber seu e-mail e achei melhor dizer que o CARA DA SANDÁLIA tem nome: é YANNIS.

E também, para que você saiba, ele, por acaso, é MEU NAMORADO.

E só não contei isso antes porque eu sabia que você tiraria sarro dele e de mim. Mas agora eu já não me importo com coisas assim, então, pronto.

Sinta-se à vontade para encaminhar esta mensagem a todos os alunos da Harbor High Schooll se isso a fará feliz, já que a verdade é que eu também não me importo mais com essas coisas.

Atenciosamente,

Colby

CÍRCULO NA AREIA

Comentários do blog:

Anônimo disse:

É muito bom ter você de volta!

ColbyCat disse:

É INCRIVELMENTE bom estar de volta!

26 de agosto

Mãe e pai,

Para que vocês saibam, estou enviando aos dois uma cópia desta mesma carta, por isso não precisam se preocupar em marcar mais uma conferência. Se quiserem ligar, claro que tudo bem, mas só quero que saibam que receberão exatamente a mesma informação mais ou menos no mesmo momento, já que planejo enviar isto por correio expresso assim que terminar de escrever.

Bem, o propósito desta carta é que eu tenho uma proposta a fazer. E ainda que vocês provavelmente não a levem muito a sério, ou pensem que estou brincando (pelo menos quando começarem a ler), não deve demorar muito para perceberem que estou falando sério.

E apesar de saber que podem demorar a acreditar, principalmente tendo em mente meu comportamento de antes, sem falar de todas as reclamações e manipulações que realizei antes, sou, agora, forçada a admitir que vocês estavam totalmente certos quando me mandaram para cá.

Sim, vocês leram certo! Eu acredito sinceramente que, por ter passado esse tempo aqui e vivido tudo o que vivi, não só aprendi, não só cresci, como agora também acredito que não estou exagerando quando digo (escrevo) que sou agora uma pessoa muito melhor do que era quando parti.

Então, pensando nisso, eu agradeceria se vocês pudessem me ouvir, antes de pensar que esta é só mais uma tentativa de convencê-los.

Então, aqui vai:

Antes de minha partida, eu escutei vocês discutindo, e um de vocês (não lembro quem) disse algo sobre a Cyber School. E apesar de não terem me dado todos os detalhes, devo dizer que, nos últimos dias, realizei muita pesquisa on-line e descobri o que parece ser uma enorme variedade de Escolas Virtuais dentre as quais posso escolher.

E apesar de ainda precisar conversar com Tally e Tassos (principalmente porque queria falar com vocês e conseguir sua permissão antes, o que quer dizer que espero que vocês não falem nada sobre isso com eles antes de discutirmos a situação), acredito que eles concordarão totalmente com meu plano.

Então, acreditem ou não, eu aprendi a gostar das coisas aqui. Sabe, gostar MUITO.

Então, gostaria de saber se posso ficar aqui e terminar meus estudos matriculada na Cyber School, já que meu grego ainda não é bom o suficiente (ainda!) para frequentar uma escola da região.

E antes que me ignorem, balancem a cabeça e digam NÃO, por favor, pensem bem - se concordarem com meu plano, então:

1) Mãe: você poderá se mudar para onde quiser. Poderá até comprar um apartamento de um quarto, e ECONOMIZARÁ MUITO DINHEIRO, já que não terá de se preocupar comigo, nem será forçada a morar perto da minha escola (onde o aluguel é caro).
2) Pai: TODAS essas escolas on-line são totalmente CERTIFICADAS e RECONHECIDAS, então, o meu sonho de fazer faculdade não será comprometido nem prejudicado.
3) Além disso, permanecendo aqui, eu me tornarei bilíngue! Um diferencial em qualquer tentativa de entrar numa boa faculdade ou conseguir um bom emprego.
4) Poderei voltar para casa para visitar vocês dois no Natal e no Ano-Novo, e vocês podem vir me visitar na Páscoa - que por acaso é um grande feriado aqui, e seria muito divertido comemorar com vocês! Ou só um de vocês. O que der para ser feito.
5) E apesar de a escola on-line não ser exatamente gratuita, eu acho que quando vocês dois se sentarem e fizerem as contas, descobrirão que é um EXCELENTE CUSTO-BENEFÍCIO.
6) Além disso, só para deixar registrado, porque acredito que precisa ser dito, Tally e Tassos NÃO SÃO LOUCOS. São pessoas boas, gentis, generosas,

espertas e maravilhosas que se tornaram EXEMPLOS MUITO BONS para mim (não que vocês também não sejam).

7) Além disso, tudo isso aconteceria ano que vem. E, pensando bem, são apenas doze meses. E como bem sabem, esse tempo vai voar sem que percebamos!
8) Sem dizer que NÃO PODERIA voltar para a Harbor High, sendo que quero muito ficar aqui.
9) E mesmo se eu PUDESSE voltar para a Harbor High, assim mesmo preferiria ficar aqui.
10) E para que saibam, esse plano praticamente GARANTE minha FELICIDADE atual e futura. E todos sabemos como é importante ser feliz na vida.

Então, agora que reservaram o tempo necessário para ler minha carta, espero que também reservem o tempo necessário para analisarem minha proposta.

Mas também ajudaria bastante se vocês pudessem me dar uma resposta em breve, já que o tempo está acabando.

Com amor,

Colby.

PS: Pai, também decidi mandar esta carta por e-mail e por fax para o seu escritório, na esperança de que você alerte a mamãe ASSIM que a receber, porque, apesar de eu estar enviando por correio expresso, como pode ver, o tempo é essencial.

26 de agosto

Para: NatalieZee

De: ColbyCat

Re: Obrigada pelos brincos

Hey, Nat,

Você não vai acreditar, mas estou fazendo uma campanha para que meus pais me deixem permanecer em Tinos! Não tenho ideia se eles permitirão, mas acabei de enviar a eles uma carta detalhada explicando a situação da melhor maneira possível, então, agora, estou com os dedos cruzados e torcendo pelo melhor.

Sei que parece estranho e tal, principalmente porque eu comecei detestando tudo aqui, mas mesmo sem saber ao certo quando ou como aconteceu, eu passei a gostar muito daqui. E NÃO é porque Yannis e eu estamos juntos de novo (mas não sei bem se você sabia que nós tínhamos nos separado; acho que temos muito o que colocar em dia!), porque, em poucas semanas, ele voltará para Atenas para terminar o último ano do ensino médio, o que quer dizer que só poderemos nos ver de vez em quando, em alguns fins de semana. Mas a verdade é que gosto muito da vida simples e sossegada da ilha. E apesar de ter feito uma confusão com muitas coisas desde que cheguei aqui (prometo contar tudo sobre isso também), de certa forma, minha vida parece bem menos complicada AQUI do que AÍ. Sem gritos, sem brigas, sem confusão em casa, tudo é muito tranquilo, calmo e pacífico – três coisas que eu não valorizava antes de chegar. Sem falar que não tenho muito a que me apegar aí, então, simplesmente não vejo motivo para voltar.

Bom, claro que ainda tem VOCÊ – isto é, se voltamos a ser amigas!

Mas tirando isso, não tem muito de que sentirei falta, já que cansei da Amanda e do Levi, então, permita-me dizer: Você estava certa! Você estava certa! Você estava muito certa!

Sem contar que não sinto falta de nada de minhas "coisas" como costumava fazer antes – o que é bem estranho, já que pensei que sentiria.

Bem, se eles permitirem que eu fiquei, então me matricularei em uma Cyber School, não sei bem qual, já que há muitas dentre as quais escolher. Mas se eles não permitirem, não sei aonde vou parar.

Bem, vou me encontrar com Yannis logo, então, mande e-mail quando puder!

Colby

PS: Ah, sim, estou muito feliz por saber que você gostou dos brincos! Eu mesma os fiz! Mas acho que já disse isso!

27 de agosto

Queridos Tally e Tassos,

Vocês ficarão felizes em saber que o computador NÃO PIFOU!

Só ficou sem bateria, o que quer dizer que vocês terão de ligá-lo na tomada e deixá-lo recarregando por um tempo, só isso.

Se um de meus pais (ou os dois!) por acaso telefonar – por favor, digam que retornarei a ligação assim que voltar.

Mas, por favor, NÃO perguntem por que eles estão ligando, porque eu já sei o motivo e é meio pessoal, e não tão importante!

Obrigada!

Com amor,

Colby

Diário da Colby para momentos de desespero em que ela está desesperadamente apaixonada e não se importa que todos saibam

29 de agosto

Então, ontem quando fui à praia com Yannis, finalmente tive coragem de tirar a parte de cima do biquíni! Mas só porque nem a Tally, nem o Tassos, nem nenhum dos trezentos primos dele estavam ali, o que quer dizer que estávamos totalmente sozinhos (bem, além dos outros turistas e frequentadores da praia), mas, mesmo assim, eu fiquei sem a parte de cima por cerca de dez segundos, e logo vesti de novo.

E assim que fiz isso, Yannis deitou-se de costas, estreitou os olhos na minha direção e disse: – Você acabou de me mostrar seus peitos?

Mas eu só dei risada enquanto amarrava as duas pontas do sutiã. E quando tudo ficou seguro, coberto e guardadinho de novo, eu me inclinei para a frente e o beijei. E disse:

– Passos de formiga. Sabe como é, um passinho por vez. É assim que se faz. É assim que todas as coisas ótimas começam.

Quando ele me puxou em cima dele e começou a me beijar, minha mente foi diretamente à embalagem de camisinhas que eu havia guardado em minha bolsa de praia. E fiquei me perguntando se acabaríamos por usá-las.

Desde que voltamos a namorar, parece que me tornei obcecada com a ideia de dormir com Yannis. Bem, não que eu não tenha pensado nisso milhões, trilhões de vezes, porque pensei, provavelmente até mais vezes do que isso. Mas agora que tínhamos voltado, agora que eu podia ser forçada a voltar para casa, a ideia toda parecia assumir uma vida própria, cheia de emergência (bem, pelo menos para mim, já que ele nem sabia disso).

Além disso, eu gosto muito, muito dele. E apesar de antes acreditar que gostava muito, muito de Levi, agora percebo que estava errada. Porque o fato de eu gostar de Levi estava totalmente ligado à aparência dele e nada a ver com a pessoa que ele é. Afinal, eu mal o conhecia como pessoa, e o pouco que eu conhecia, bem, não me encantava totalmente. Mas com Yannis tudo é diferente. Temos coisas em comum, rimos das mesmas piadas e conseguimos conversar com a mesma facilidade com que trocamos amassos.

Acho que o que estou tentando dizer é que Yannis é um bom amigo. E diante de tudo isso, comprar um pacote de camisinha parecia o mais certo a se fazer.

Então, um dia depois do velório de Petros, eu me levantei cedo, fui para a cidade, comprei um pacote com três camisinhas na farmácia da cidade, e tenho de admitir que, durante todo o tempo, meu coração estava pulando, meu rosto ardendo, e foi quase tão embaraçoso como quando tive de comprar absorventes de uma aluna da oitava série de minha sala de biologia, que trabalhava no caixa da farmácia. Mas então eu me lembrei de que não sou exatamente daqui, o que também quer dizer que a mulher anônima de bigode, que registrou minha embalagem de três unidades pensou que eu era apenas mais uma turista oferecida de quem ela sequer se lembraria depois de minha partida. E apesar de ela ter olhado para a embalagem, depois para mim e erguido as sobrancelhas, eu apenas rolei os olhos e fingi que não vi, certa de que não tinha nada com que me preocupar.

E assim que saí daquela loja, segurando com firmeza o pacote de papel pardo, com as camisinhas secretas bem-protegidas, eu só conseguia pensar em COMO e QUANDO eu as usaria.

É sério. Parece que todas as manhãs, quando acordo, não consigo parar de pensar:

Será que hoje será o dia em que dormirei com Yannis?

E como o tempo está acabando, eu estava começando a pensar que hoje provavelmente seria um dia tão bom quanto os outros.

Mas eu não tinha planejado fazer bem ali, na praia.

Mas, veja só, enquanto eu o beijava, sem querer, chutei o pacote, que se virou e o conteúdo escorregou para a areia. E eu não parei de beijá-los por tempo suficiente para perceber, só que, quando Yannis parou para respirar, ele começou a arrumar a bagunça.

E quando ele encontrou o pacote pequeno e prateado, olhou para mim, e disse:

– Você comprou mesmo as camisinhas. Pensei que eles estavam brincando.

– O quê? – perguntei, sentando-me bem depressa, e vi várias estrelinhas brilhando diante de meus olhos, observando, totalmente mortificada, que ele segurava o pacotinho, a compra mais vergonhosa que já fiz.

– O Christos me disse – disse ele, balançando as camisinhas de um lado a outro, como se eu estivesse sendo hipnotizada. – Mas acho que foi o Georgos quem disse a ele. Mas, na verdade, tudo começou com Katerina, a tia de Maria. Ela é a dona da farmácia.

– O SEU IRMÃO MENOR contou a você que eu comprei camisinhas? – perguntei, pensando na mesma hora na lista horripilante de PESSOAS QUE SABIAM QUE EU HAVIA COMPRADO CAMISINHAS, enquanto tentava entender como aquilo podia ter ocorrido. Sei lá, não tem nenhum tipo de lei contra isso? Não existe nenhum ACORDO PROFILÁTICO INTERNACIONAL DE PRIVACIDADE DE COMPRA? E se não tem, POR QUE não? – E quem é Georgos? Você está se referindo a SEU PRIMO Georgos? E essa é a Maria que estou pensando? – Eu estava arregalando os olhos, minhas mãos suavam, meu coração estava acelerado, minha mente girava, e eu observei Yannis apenas assentindo, claramente divertindo-se. – Você quer dizer QUE A CIDADE TODA, ou melhor, a ILHA TODA sabe que eu comprei camisinhas? – gritei, à beira da histeria.

Ele assentiu de novo.

– E agora, a praia toda também sabe – disse ele, rindo e olhando ao redor para as pessoas que observavam.

– Ai, meu Deus, isso NÃO ESTÁ ACONTECENDO! É terrível! – Escondi o rosto com as mãos, incapaz de olhar para ele, incapaz de olhar para quem quer que fosse, talvez nunca mais.

Mas ele só riu.

– Estamos em Tinos. Você tem certeza de que quer morar aqui?

– O que quer dizer com isso? – perguntei, levantando a cabeça para olhar para ele, observando seu rosto, tentando entender aonde a conversa nos levaria. Ele não queria que eu ficasse? Será que tinha mudado de ideia... a meu respeito, a respeito de nós dois? E se fosse o caso, teria sido por eu ser do tipo de menina que compra camisinhas?

– Colby – disse ele, soltando a embalagem prateada e segurando meu rosto. – As coisas são diferentes aqui. Não são como você está acostumada, nos Estados Unidos. A ilha é pequena, todo mundo conhece todo mundo, e as pessoas falam.

– Eu estou percebendo. – Rolei os olhos, pensando em como encararia aqueles fofoqueiros de novo, sem falar do irmão e do primo dele, e assim por diante.

– Pense que aqui é como a escola. Ou pelo menos a maneira com que você descreveu uma escola americana para mim. Só que aqui a escola não é tão limitada a um único lugar. A escola é onde você mora, o tempo todo, e não tem como escapar. Pergunte à sua tia Tally, ela pode dizer.

– A Tally também sabe que eu comprei camisinha? – perguntei, pensando que a coisa só parecia pior, tentando imaginar quando a lista terminaria.

Mas ele apenas riu.

– Provavelmente. Mas o que quero dizer é que ela sabe como este lugar é pequeno. Por que não pergunta a ela sobre isso, qualquer dia desses? Vocês duas nunca conversam, não é?

E quando ele disse isso, fiquei um pouco irritada. Afinal, quem era ele para agir como se soubesse algo sobre Tally que eu não sabia? Fui eu que passei quase três meses vivendo com ela. Mas quando estava prestes a me defender, e dizer que conversamos sempre, percebi que ele tinha razão. Não conversávamos muito mesmo. E quando parei para pensar, vi que sabia muito pouco sobre ela. Claro, sabia das coisas de que ela gosta e não gosta, conhecia todas as suas crenças estranhas, mas acho que não sabia muito sobre sua história. Não sabia muito sobre ELA. Então, por fim, só olhei para ele e dei de ombros. Mas eu não sabia que as coisas estavam prestes a piorar.

Porque, então, ele olhou para mim e disse:

– E Colby, quero que saiba que você não tem que fazer isso.

– Fazer o quê? – perguntei, minha cabeça girando com tantas coisas que não consegui entender o que ele queria dizer.

Então, ele olhou para as camisinhas e de novo para mim, e eu não precisaria ler mentes para saber o que ele estava pensando.

– Você está querendo dizer... que não quer? – perguntei, incapaz de esconder meu susto. Afinal, o tempo todo eu passei obcecada, tinha certeza de que a decisão final seria minha e só minha. Nunca pensei que ele fosse opinar.

Mas ele simplesmente deu de ombros. E assim que eu vi, assim que testemunhei o levantar e abaixar dos ombros, senti o rosto arder de vergonha, o coração repleto de humilhação, e peguei aquela embalagem idiota com dedos tão trêmulos e nervosos que tive certeza de que a derrubaria. Mas eu a peguei e joguei dentro da bolsa, exagerando para guardar meu protetor solar, os livros e revistas por cima, para que as camisinhas sumissem de vista, ficassem escondidas e esquecidas.

E então, quando peguei minha camiseta, pensando que aquele era um bom momento para ir embora dali, ele colocou a mão no meu braço e disse:

– *Koukla Mou*, por favor, não vá.

E eu derreti. Totalmente desarmada, eu parei e deixei a camiseta de lado. Porque basicamente, desde que voltamos a ficar juntos, não consigo resistir quando ele me chama assim. Mas não quer dizer que não fiquei irritada.

Então, ele olhou para mim e disse:

– Quis dizer que você não tem que fazer isso por mim. Ou porque acha que eu quero fazer. Ou porque acha que talvez você vá embora logo e que nunca mais vai me ver, por isso tem de fazer. Ou porque acha que, se não fizer, eu posso te esquecer. Porque apesar de eu querer fazer, Colby, mais do que você pensa, nenhum desses motivos são bons para você. E eu não quero que você faça algo do qual possa se arrepender um dia.

– Por que eu me arrependeria? – perguntei, sentindo-me total e inexplicavelmente irritada. Afinal, não era natural, não era normal. Que cara recusaria a oportunidade de fazer sexo? Quem, em sã consciência, faria isso?

Mas ele só riu.

– Bem, você sabe ser impulsiva, se por acaso não tinha percebido.

Rolei os olhos. Porque ainda que fosse verdade, por que ele se preocuparia? Por que se importaria se eu me arrependesse? Era possível que nunca mais nos víssemos, mas e aí? Sei lá, eu me arrependi da primeira vez, mas, de algum modo, consegui superar. Então, o que teria demais se a segunda vez acabasse sendo um erro maior? Mas assim que pensei nisso, percebi que era isso que ele queria dizer desde o princípio. Que era total e completamente possível evitar futuros arrependimentos se parássemos por tempo suficiente para analisar as coisas.

Então, olhei para ele e disse:

– Bem, talvez você esteja certo. Mas como a cidade inteira acredita que estamos fazendo, não acha que podemos ir em frente e fazer? – E então, eu ri, mas não foi uma risada de verdade, apenas de nervosismo, aquela com que ele provavelmente já estava bastante acostumado.

Mas ele apenas sorriu e se inclinou para me beijar.

– Temos mais três noites juntos – disse ele, com os lábios contra os meus. – Pense um pouco e então, me diga. É sério. Não precisa se preocupar.

Eu olhei para ele por um momento, e então balancei a cabeça, me afastei e me deitei de costas na toalha.

– Você é um cara bem estranho, sabia? – perguntei, virando a cabeça para olhar para ele.

Mas ele apenas sorriu.

– Você já disse.

29 de agosto
Para: CarlCavendish
De: ColbyCat
Re: Essa é sua última palavra?
Pai,

Acabei de chegar em casa e li o recado da Tally dizendo que você vai me encontrar no aeroporto no dia 31 de agosto e acho que isso significa que:

1) Você não recebeu meu e-mail, fax e/ou carta anterior e, assim, não conhece as outras opções muito razoáveis e válidas que apresentei. OU:

2) Conhece todas as outras opções, mas, por algum motivo que não é obscuro para mim, mas que não consigo nem sequer começar a entender, escolheu rejeitá-las.

Por favor, informe sua posição assim que puder.

E no caso de ter decidido recusar minha proposta, preciso saber se foi uma decisão tomada em conjunto (entre você e a mamãe), ou se você tomou a liberdade de decidir sozinho, sem o conhecimento da mamãe.

Com amor,

Sua filha que precisa de explicação desesperadamente,

Colby

PS: Envio, anexada, uma lista de sites relevantes para sua avaliação. Por favor, analise-os.

29 de agosto

Para: CarlCavendish

De: ColbyCat

Re: Essa é a sua última palavra?

Pai,

Garanto que não estou "brincando". Estou falando totalmente sério, e pensei que você me levaria a sério também. Cyber School, On-line Education, Virtual Academy, pode chamar como quiser, mas com certeza NÃO é piada. É uma opção válida e legítima de ensino, pois todas as escolas são LICENCIADAS. O que, devo acrescentar, se você tivesse reservado um tempo para analisar os sites que encaminhei, já saberia disso.

Além do mais, não entendo como você pode decidir meu futuro sendo que está totalmente fechado a todas as opções. E sinto muito em dizer, mas acredito que você precisa saber que estou muito desapontada, sem dizer chocada, pela enorme injustiça de tudo isso. Também estou triste e chateada por ver a maneira descuidada com que está manipulando minha vida.

Então, peço de novo, pode POR GENTILEZA fazer o favor de reservar DEZ MINUTOS de seu dia muito ocupado e clicar nos links que enviei a você no último e-mail e que estou enviando de novo neste e-mail? E depois, pegue o telefone e LIGUE PARA A

MAMÃE, para que vocês dois, JUNTOS, possam realizar uma abordagem calma, racional, lógica e pertinente à única coisa de que preciso para garantir um futuro feliz e bem-sucedido.

É SÓ o que peço.

Com amor,

Colby

29 de agosto

Para: CarlCavendish

De: ColbyCat

Re: Essa é a sua última palavra?

Pai,

Certo.

Até o dia 31.

Colby

30 de agosto

Para: AmandaStar

De: ColbyCat

Re: Sua vaca!

E aí, Amanda,

Eu sei. Você está totalmente certa. NINGUÉM pode falar/escrever assim como eu fiz com você.

Mas talvez você devesse permitir, porque pode aprender alguma coisa.

Mas não se preocupe, porque não vamos nos falar muito no futuro mesmo. Em parte, porque voltei a ser a melhor amiga da Nat, mas, principalmente, porque não existe motivo para conversarmos.

Então – tudo de bom – até mais, nos vemos na Harbor. (Sim, eu vou voltar!)

Colby

30 de agosto

Para: NatalieZee

De: ColbyCat

Re: Lar, doce lar

Oi, Nat,

Esta mensagem vai ser rápida, já que tenho só mais um dia aqui em Tinos e não quero perdê-lo na frente do computador, já que desperdicei dias demais assim. Então, aqui está uma lista curta das coisas de que você precisa saber:

1) A Cyber School está descartada. Parece que meus pais são ainda mais mente-fechada do que eu pensei. Bem, pelo menos, eu tentei.
2) A Harbor voltou à cena! Isso mesmo, leia e chore! Minha mãe encontrou um apartamento para nós, e vamos nos mudar mês que vem!
3) Pode ser que eu durma ou pode ser que eu não durma com o Yannis. O que quer dizer que esta noite pode acabar sendo UMA GRANDE NOITE – ou não. Precisamos ver... de qualquer modo, darei a você todos os detalhes quando nos encontrarmos! Tenho muita coisa para contar!
4) Só quero aproveitar a oportunidade para dizer que estou muito feliz por ainda sermos amigas, e que o ano que vem será maravilhoso! Mesmo que a Amanda me deteste e provavelmente tente fazer de tudo para me sabotar e/ou me derrubar sempre que puder. (Assim como o item 3, explicarei quando nos encontrarmos.)

Até mais!
Colby

Diário da Colby para momentos de desespero em que logo ela terá de começar um novo diário

31 de agosto

É engraçado pensar que no começo deste verão, quando eu ainda estava na Califórnia, e minha mãe me deu este diário, eu tinha certeza de que não o abriria, e que muito menos começaria a escrever. Mas agora que o verão quase acabou e estou prestes a voltar para casa, consegui encher quase todas as páginas.

Acho que eu estava tão brava por ter sido mandada para cá que me convenci de que não poderia passar por nada que valesse a pena.

E agora, fico feliz porque estava enganada.

Então hoje (bem, acho que tecnicamente foi ontem, mas não importa), de qualquer modo, por ter sido meu último dia e tal, Tally e Tassos planejaram fazer um grande churrasco de despedida para mim. Mas acho que devo voltar no tempo e dizer que primeiro, bem antes da festa, decidimos passar o dia na praia. Mas só Tally e eu, já que Tassos estava muito ocupado trabalhando em uma grande escultura que um cara da França encomendou, e Yannis tinha de trabalhar no hotel. E apesar de ter me sentido meio mal por ter me fechado demais antes, decidi que tarde era melhor do que nunca, então tomei a iniciativa e perguntei à Tally sobre sua vida.

E acontece que eu soube de muita coisa. Coisas que não sabia, coisas que nunca tinha imaginado.

Por exemplo:

1) Ela conheceu Tassos no primeiro dia em que chegou a Tinos. E assim como Yannis, a primeira vez em que os dois se viram foi no barco. Mas diferentemente de nós, eles conversaram no barco. Porque quando a Tally derrubou seu café sem querer, Tassos estava sentado ao lado dela e ofereceu ajuda. Mas apesar de ter dito que ele era bonitinho, só dois anos depois eles ficaram juntos. Em parte, porque ela afirmou ter se sentido relutante em namorar alguém tão cedo depois do divórcio, e em parte porque Tassos estava sofrendo por causa do suicídio de sua filha.
2) Isso mesmo. Tassos também já tinha sido casado, e teve uma filha de dezessete anos que morreu de overdose. Mas não foi por acidente, e eles sabem disso porque ela deixou um bilhete. E não faço a menor ideia do que dizia o bilhete e, acredite, não perguntei. Bom, tenho de admitir que saber disso me deixou bem assustada. Quando a filha dele morreu, ela tinha a mesma idade que tenho agora, e apesar de, em determinado

ponto, minha vida ter ficado bem ruim, acho que nunca chegou a esse ponto.

3) Então, ao que parece, pouco tempo depois da overdose, Tassos e sua esposa se separaram. Tally disse que os dois estavam muito tristes e bravos, e meio que começaram a colocar a culpa um no outro. E depois de se divorciarem, a esposa dele mudou-se para a Suécia (de onde ela é) e Tassos pediu demissão de seu emprego em Atenas (parece que ele era executivo de uma companhia aérea – o que, olha, eu NUNCA teria imaginado, porque ele NÃO combina com terno, gravata, seriedade!) e voltou para Tinos, onde nasceu, e se matriculou na famosa escola de escultura em mármore que eles têm aqui, determinado a seguir sua paixão, tentar ser feliz de novo, e viver uma vida com sentido, ou algo assim.
4) Mas quando voltou para Tinos, ficou surpreso ao ver que todos fofocavam sobre ele e diziam coisas não muito legais também sobre sua esposa e sua filha, até ele ficar deprimido e perturbado e se tornar recluso, quase sem sair de casa.
5) Então, um dia, Tally e Tassos se encontraram na venda de verduras, e não demorou muito para que começassem a morar juntos, o que fez as pessoas falarem mais ainda, porque morar junto sem se casar é algo muito reprovado aqui. Mas os dois concordaram em viver como queriam sem dar importância ao que os outros pensavam.

Depois, acho que por estarmos contando nossas coisas, ela me disse que sabia sobre as camisinhas que comprei.

E eu me senti muito corada, apesar de estar muito bronzeada, o que quer dizer que ela provavelmente não podia saber se eu estava com vergonha. Mas ainda assim, fiquei envergonhada e mal conseguia olhar para ela (e, pode acreditar, dessa vez não teve nada a ver com o fato de ela estar, de novo, com os seios expostos).

E então, ela me perguntou se precisávamos, como ela mesma disse, "ter uma conversinha".

Minha resposta: "Bem, acho que não, já que *eu* fui esperta o suficiente para comprar as camisinhas".

E nós duas rimos.

E quando ela me perguntou se eu pretendia usar os preservativos, olhei dentro de seus olhos e disse a verdade: "Não faço ideia. Acho que veremos como as coisas serão".

E apesar de não ter planejado contar mais do que isso, apesar de eu acreditar que já havia superado, quando dei por mim, já tinha começado a contar tudo sobre a noite com Levi, e de como me senti envergonhada e idiota depois, e que, ultimamente, andava pensando que, talvez, dormir com Yannis pudesse, de alguma forma, apagar aquele fato ou, pelo menos, corrigi-lo.

E então, continuei, contei a ela como eu havia deixado Natalie de lado para poder andar com Amanda, sobre tudo o que aconteceu (e não aconteceu) em Mykonos, e sobre como eu vinha me sentindo muito confusa, como se tivesse um pé em Tinos e outro na Califórnia, e eu já não sabia mais onde me encaixava. Disse que, quando fui para Mykonos, não parei de julgar Levi e sua família por seus modos americanos previsíveis e que, na noite anterior, eu havia julgado Yannis por ser tão grego. Mas que sabia, no fundo, que o problema era eu.

Mas ela olhou para mim e sorriu ao dizer:

– Colby, não existe certo ou errado, só existe o seu jeito. E você ficará muito mais feliz quando descobrir qual é.

– Mas aí é que está – eu disse, sentindo-me frustrada no mesmo momento por aquela frase misteriosa.

Mas ela só deu de ombros e disse:

– Não tem como errar agindo pelo amor.

Bem, logo depois disso, eu me levantei e fui para o mar, o mais longe que consegui, e precisei ficar na ponta dos pés para respirar. Então, joguei a cabeça para trás, fechei os olhos e deixei a água me manter, pensando que havia poucas coisas melhores do que aquilo: de ser tão leve e livre a ponto de não ter consciência de si mesmo.

Permaneci assim por muito tempo, em parte porque me pareceu bom demais para parar, mas principalmente porque eu estava relutante em voltar para a praia, para a gravidade de meu corpo, minha vida, minhas escolhas.

Mas enquanto me permitia flutuar mais um pouco, pensei: *Talvez eu esteja pensando demais. Talvez eu ainda esteja tentando controlar coisas que estão fora de meu controle. Talvez eu devesse agir do mesmo jeito na terra como ajo no mar, aprender a soltar, mirar no que quero sem tentar forçar demais. Só ver aonde a corrente me leva, já que não sou má nadadora, já que consigo voltar à praia.*

E quando saí da água e caminhei em direção à minha toalha, disse à Tally que estava pronta para ir para casa e me preparar para minha partida.

Quando voltamos, Tassos já estava ali, temperando as carnes, cortando legumes, descascando batatas, cuidando de todos os preparativos para a festa. Então, depois de tomar um banho rápido e vestir um vestido novo que eu havia comprado na cidade alguns dias antes (um dia que sempre será conhecido como DIA DA CAMISINHA), eu saí para ajudar.

E enquanto estava arrumando as mesas e reorganizando as cadeiras, eu disse que sentia muito pela morte da filha dele.

A princípio, pela maneira com que ele olhou para mim, com os olhos assustados e arregalados, eu me arrependi quase imediatamente de ter tocado no assunto. Mas, então, ele assentiu lentamente e disse:

– A Tally lhe contou?

Eu assenti.

– Mas, por favor, não fique bravo, porque....

Mas ele apenas balançou a cabeça.

– Não estou bravo, Colby.

Quando comecei a acender as velas, ele colocou para tocar um CD de Jackson Browne, e então, eu me virei para ele e perguntei:

– Você se culpa?

E apesar de apenas ter dado de ombros, ficou claro que ele se culpava, sim.

Eu segurei o fósforo, observando a chama perto de meus dedos, perigosamente próxima, antes de apagá-la e dizer:

– Pois você não deveria se culpar.

Ele olhou para mim e sorriu.

– Eu sei.

E apesar de dever ter parado por ali, eu tinha mais uma coisa a dizer, então olhei para ele e disse:

– Só quero que saiba que você e Tally me ajudaram muito este verão.

E então, os olhos dele ficaram marejados e os meus começaram a arder, então comecei a fatiar as batatas enquanto ele preparava a salada.

Pouco tempo depois, os convidados começaram a chegar, e apesar de ainda me surpreender ao escrever isto (e muito mais ter vivido), tenho orgulho de dizer que, dessa vez, fiz questão de fazer com que Maria e Christina fossem convidadas. Acho que não vi sentido em tentar mantê-las longe. E mesmo sem termos conversado, e mesmo sabendo que elas deviam estar bem felizes por ser minha festa de DESPEDIDA, não importava mais.

Então, depois de muita comida, bastante dança e um pouco de bebida, além de muitas risadas, eu abracei todo mundo para me despedir (sim, incluindo Maria e Christina), e quando todos se foram, Tally e Tassos se despediram de mim e de Yannis com um abraço e foram dormir, e minha tia olhou para mim e disse:

– Pode ficar acordada até quando quiser. Mas lembre-se de que tem um barco para pegar de manhã.

Então, os dois foram para a cama, e Yannis e eu permanecemos na varanda, nós dois agindo de modo tão esquisito e nervoso que qualquer pessoa diria que nós tínhamos acabado de nos conhecer.

– Bem, a festa foi divertida – disse ele, sorrindo para mim de modo educado e formal.

– Sim, foi – respondi, sentindo-me inexplicavelmente estranha. E acrescentei: – Uma festa muito divertida. – Com isso, eu rolei os olhos, balancei a cabeça e me retraí.

– Vamos dar uma volta? – perguntou ele finalmente, com a voz pesada e incerta, suspensa no silêncio.

Concordei, sentindo um frio na barriga quando ele segurou minha mão, e meus olhos analisaram seu rosto quando perguntei: – Vamos à nossa praia?

Mas ele só sorriu e me ajudou a subir na garupa da Vespa.

Dessa vez, quando fomos para o hotel, não posso dizer que fiquei muito surpresa, mas, quando ele me levou em direção à piscina, fiquei surpresa ao ver que ela estava cheia.

– Quer nadar? – perguntou ele, ocupando-se em acender as lamparinas grandes que estavam espalhadas pelo espaço.

– Eu esqueci meu maiô – eu disse, ajoelhando-me perto da beirada, enfiando os dedos na água, e me surpreendi por senti-la fria, mas convidativa.

– Isso nunca foi empecilho para você. – Ele sorriu, soprando o palito de fósforo, agora que as lamparinas estavam acesas.

E apesar de ainda não ter me decidido a respeito de como a noite terminaria, eu também sabia que precisava parar de pensar nisso e ver como as coisas seriam.

Então, tirei o vestido e mergulhei. E nem cinco segundos depois, Yannis me acompanhou.

Nós nadamos, brincamos, nos beijamos, e nadamos mais um pouco, e quando saímos e estávamos enrolados em toalhas grandes, ele olhou para mim e disse:

– Você está igualzinha como estava no dia em que eu a vi pela primeira vez, só que mais feliz.

E quando esfreguei a toalha no rosto e vi a mancha de delineador, não contive a risada.

Então, ele segurou minha mão e me levou pelo corredor, e subimos uma escada estreita que levava a um quarto grande no segundo andar. E quando ele abriu a porta e fez um sinal para que eu entrasse, vi que havia mais velas, um CD *player*, e uma cama toda preparada.

– Eu não sabia que vocês tinham terminado todos os quartos – eu disse, aproximando-me da janela para abrir a cortina azul-escuro, olhando para fora para o que seria a vista da noite se não estivesse tão escuro.

– Eles não estão terminados – disse ele, aproximando-se por trás e beijando minha nuca. – Só este.

– Mas e seus pais? Eles não vão ficar bravos? – perguntei, sabendo que os gregos podiam ser muito tradicionais, tentando não pensar em ser flagrada ali.

– É diferente com os rapazes. Se eu fosse uma menina, então, sim, seria um problema.

– Foi por isso que não conheci seus pais? – perguntei, pensando que aquele era um momento bem estranho para ter uma conversa como aquela, mas, ainda assim, eu estava nervosa, insegura e aquilo era algo em que eu vinha pensando bastante. – Porque eles não me aprovariam? – perguntei, tentando imaginar se ele havia respondido com sinceridade ou se estava apenas tentando me enrolar.

Mas ele riu.

– Você conheceu meus pais. Bem, viu meu pai, só que não sabia que era ele.

Eu me virei para ele, confusa, tentando me lembrar quando aquilo podia ter ocorrido.

– No dia em que você veio ao hotel para gritar comigo. – E sorriu.

– Quem era seu pai? – perguntei, lembrando-me do grupo de trabalhadores, de como eles tinham rido e feito piadinhas quando perguntei onde Yannis estava, todos eles jovens demais para serem o pai dele. Bem, menos um deles.

– Ele trouxe você até mim.

– Ah, ótimo. – Fechei os olhos e me virei. – Que ótimo. Não é à toa que você não me apresentou à sua mãe. – Balancei a cabeça, tentando imaginar se o pai dele havia escutado atrás da porta, ouvindo todas as bobagens que eu dizia. – Então, vamos, pode me dizer o que ele disse. Qual foi o veredicto? Ele me acha uma maluca? – Prendi a respiração e esperei.

– Isso importa? – perguntou ele, sussurrando em meu ouvido.

Simplesmente dei de ombros, apesar de estar começando a achar que importava, sim.

Ele suspirou.

– Bem, se quer mesmo saber, ele me disse que eu deveria ter cuidado com você. Que deveria me divertir, mas com cuidado.

– Cuidado com o quê? – perguntei, virando-me para olhar para ele de novo.

– Ele disse que você podia tentar engravidar e estragar a minha vida.

Rolei os olhos.

– Ah, por favor, você disse a ele que *fui eu* quem comprou as camisinhas? Ah, espere, não importa, tenho certeza de que ele já sabe, Tinos toda sabe.

Yannis deu de ombros.

– Eu disse a você que as coisas aqui são diferentes, e os relacionamentos também são. Não são tão... casuais como nos Estados Unidos. Aqui, quando duas pessoas namoram, todos começam a falar sobre casamento. É melhor nunca levar ninguém à sua casa, a não ser que as coisas fiquem sérias.

Desviei o olhar, preocupada com a ideia de sermos apenas um namorico de verão, do qual ele em breve se esqueceria, e tentando imaginar se eu queria que a relação fosse algo mais.

Então, olhei para ele e perguntei:

– Nosso namoro é casual?

Mas ele só sorriu e me puxou em direção à cama, movendo os lábios ao sussurrar perto de meu ouvido:

– Venha comigo, *koukla mou.*

31 de agosto

Mamãe e papai,

Vocês podem perceber que esta carta está sendo escrita em um guardanapo com mancha de café de um barco da companhia Ellas Ferry Lines (não muito diferente de um bilhete que enviei meses atrás). Bem, isso porque estou no barco para Mykonos. Para poder ir para Atenas, para depois voar para Frankfurt, e então para Nova York, e então para que possa aterrissar em Los Angeles, para que vocês possam me buscar e me levar para casa.

Mas diferentemente da última carta que escrevi em um guardanapo, esta não é irada.

Na verdade, nem perto disso.

Porque, acreditem ou não, estou ansiosa para vê-los (um fato que acontecerá muito antes de vocês receberem isto, mas postarei mesmo assim), para poder agradecer a vocês por me mandarem passar o verão com MINHA TIA MALUCA TALLY em Tinos.

Foi uma experiência incrível.

Com amor,

Colby

PS: Mãe, só quero que saiba que o ÚNICO motivo pelo qual estou enviando esta carta ao endereço do papai, e não ao seu, é porque sei que nos mudaremos em breve e não sei se você já começou a encaminhar as correspondências, e como não quero que esta carta se perca... bem, é só por esse motivo, e eu queria que você não pensasse que estou favorecendo alguém. Espero que esta parte do bilhete não a aborreça, só queria me fazer entender. ☺

Diário da Colby para momentos de desespero em que ela está presa a onze quilômetros de altura sem acesso à internet e está quase sem papel

31 de agosto

Eu tentei. Tentei muito, de verdade. Mas, de alguma forma, acabei dentro deste avião, nos assentos 24G e H (dois para mim! Eba!), longe o suficiente do banheiro para que eu não tenha de sofrer com o cheiro horroroso, mas, ainda assim, perto da janela para poder ver...

<u>TUDO!</u>

Porque apesar de cada segundo me afastar mais e mais de onde eu preferiria estar, há algo muito legal em ver o sol, a lua, o céu azul e pensar...

É o mesmo céu que o Yannis vê!

É o mesmo sol que esquenta nossa pele!

E todas as noites, quando saímos de casa, podemos olhar para cima e ver exatamente a mesma lua!

(Tudo bem, com dez horas de diferença.)

Tudo isso quer dizer que não estamos tão longe como parece.

Que independentemente de onde eu estiver, independentemente para onde for, de algum modo amplo, sempre estaremos conectados.

E apesar de saber que daria qualquer coisa para estar com ele agora, também estou determinada a viver perfeitamente bem com minhas escolhas – mesmo aquelas que eu não faço, mas que são feitas para mim.

Como ontem à noite, quando Yannis e eu dormimos juntos. Por fim, nós não dormimos juntos <u>REALMENTE</u>.

E não foi porque eu não quis, e não foi porque eu não estivesse pronta, porque estava. Na verdade, eu queria <u>MUITO</u>, e me sentia muito pronta. E sem entrar em detalhes, acho que posso dizer que ele também estava pronto.

E apesar de ter me decidido a ir adiante, de ter me convencido de que o momento era perfeito, naquele ponto, quando estávamos deitados de lado, um de frente para o outro, ele acariciou meu rosto, prendeu meus cabelos atrás da orelha, olhou bem nos meus olhos e disse: "*S'agapo,* Colby".

E diferentemente da última vez, quando eu não estava pronta para ouvir aquilo, muito menos sentir ou compartilhar, eu olhei para ele e disse: "Eu também amo você, Yannis".

E de certo modo, apenas me permitir não só ouvir aquelas palavras, mas também aceitá-las e dizê-las para ele também foi uma coisa tão grande, tão importante e tão boa – que eu quis manter aquele momento. Quis guardá-lo, saboreá-lo e aproveitá-lo pelo que representava.

E eu não queria que ele competisse com mais nada.

E apesar de ter parecido bem idiota e estranho quando tentei explicar isso a Yannis, ele apenas me abraçou, beijou minha testa e me garantiu que aquilo também era o suficiente para ele.

E então nós dormimos, envolvidos nos braços um do outro, e foi tão bom, me senti tão segura e completa, que acordei muito, muito depois.

– Ai, meu Deus! Ai, droga! – eu gritei, saindo da cama e vestindo minha roupa. Só percebi que o vestido estava do avesso quando comecei a calçar os sapatos.

– Yannis! Acorda! – gritei, balançando seu ombro, procurando minha bolsa pelo quarto. – Você precisa me levar ao porto! Não! Espera! Você tem de me levar para casa para que Tally e Tassos possam me levar para o porto! Mas você também vai, certo? – Parei tempo suficiente para olhar para ele, esperando que meu rosto manchado pelo delineador, o vestido do avesso e o cabelo despenteado não fossem a última lembrança que ele tivesse de mim.

Mas Yannis já estava vestido, com as chaves em uma mão, com as sandálias esquisitas na outra, quando abriu a porta, sorriu e disse:

– Relaxa, sem problemas.

E eu comecei a rir. De me curvar para a frente e apertar a barriga de tanto rir. Sabe, eu mal conseguia acreditar como tinha sido tola por quase deixar o AMOR passar por causa de uma gíria e um par de sandálias estranhas. E apesar de ter tentado parar, não conseguia. Então, ele segurou meu braço e me puxou para fora do quarto até sua Vespa, murmurando "Menina californiana maluca" e me colocou na garupa.

E quando chegamos à casa de Tally, entrei em pânico de novo quando vi que Tally e Tassos nem estavam ali! Mas descobri que eles estavam me procurando. Começaram em nossa praia secreta (que, ao que parece, não era tão secreta, mas, puxa, é assim que a vida em uma pequena ~~cidade~~ ilha é) e terminaram no porto, onde confirmaram que meu barco estava pronto e esperando, apesar de eu ainda não estar lá. E quando eles voltaram para casa, eu estava na frente, com as malas prontas, esperando mais cinco minutos por eles, antes de partir.

Então, subi no jipe enquanto Yannis nos seguia de Vespa, e fomos todos para o porto. E apesar de admitir que, durante todo o percurso, torci para que houvesse algum problema que impedisse a partida do barco, ou até uma tempestade catastrófica e horrível de verão – alguma coisa que não me desse escolha que não fosse ficar ali –, por fim, fui recebida por um dia perfeitamente lindo. E conclui que aquele era um sinal de que, gostasse ou não, eu estava destinada a partir.

E quando estacionamos e descemos para o cais, meu barco já estava sendo ligado, o que não deixava muito tempo para as despedidas. Mas talvez isso tenha sido bom, já que nunca fui muito boa em dar adeus.

Então, depois de abraçar Tassos e agradecer a ele por TUDO, eu me inclinei para a frente para abraçar Tally, e comecei a chorar tanto, que mal conseguia acreditar. Mas ela deixou que eu a abraçasse, enquanto passava a mão por meus cabelos, sussurrando:

– Tudo bem, tudo vai ficar bem.

E quando eu finalmente me afaste, sequei meus olhos e sorri, disse:

– Eu sei!

Prometi que manteria contato e que nós trocaríamos e-mails com o máximo de frequência que conseguíssemos, e então eu fiz uma piada boba, dizendo que se eles precisassem de ajuda para mandar os e-mails, eles podiam simplesmente me mandar um e-mail avisando da dificuldade. E apesar de ter sido bem boba e nem um pouco engraçada, ajudou a aliviar toda a tensão e a tristeza, e então todos rimos mesmo assim.

Depois de abraçá-los mais uma vez, caminhei pelo resto do caminho com Yannis, de mãos dadas enquanto atravessávamos a prancha de embarque, mas ele parou de repente e disse:

– Colby, não é...?

Olhei na direção em que ele estava apontando, sem saber se ele estava certo, até ver a coleira, e então, tive certeza. Ele havia crescido desde a última vez em que eu o vira, havia crescido MUITO. Mas, ainda assim, pela coleira, o pelo preto lustroso e a manchinha branca, eu sabia que estava diante de Holly.

– Aonde você vai? – perguntei, observando Yannis caminhar na direção da menininha de cabelos pretos e vestido amarelo, que segurava Holly, cantando em seu ouvido enquanto acariciava seu pelo preto brilhante.

– Como assim? É o SEU gato, Colby. Vou pegá-lo de volta! – disse ele, caminhando mais depressa.

Segurei seu braço, fazendo com que ele parasse por tempo suficiente para olhar para mim.

– Não, Yannis, por favor. Deixe-o – eu disse, sem saber se era realmente o que eu pretendia até dizer.

Mas Yannis apenas balançou a cabeça e começou a caminhar de novo, dizendo:

– Sem problemas, ela é a filha de meu primo, posso arranjar outro gato para ela.

De novo, segurei seu braço, forçando-o a olhar para mim.

– Não, Yannis, estou falando sério.

Ele olhou para mim, com uma expressão que mostrava me considerar maluca.

– Mas por quê? Não entendo. Pensei que você sentisse falta dele. Pensei que o quisesse de volta.

– Senti falta dele e quis que ele voltasse – assenti. – Até agora.

Yannis estreitou os olhos.

– Olha – eu disse. – Olha bem.

E ele olhou. E então, ele se virou para mim e deu de ombros.

– Não entendo. É o Holly, certo?

– Sim, e veja como a menininha o está segurando, como ele está pertinho dela, e como os braços dela o seguram com carinho. Veja como ele deixa ela fazer isso. Ele nunca deixou que eu fizesse. Nem uma vez. Comigo, ele sempre me arranhava e tentava escapar.

– Ele está maior agora – disse Yannis, balançando a cabeça.

Mas eu balancei a cabeça e sorri.

– Não, Yannis, ele está à vontade.

Quando chegamos à prancha, nós nos beijamos por tanto tempo, que o barco quase partiu sem mim. Mas, no fim, fico feliz de termos conseguido manter a realidade, por termos conseguido nos despedir e dizer "eu te amo" sem forçar um monte de falsas promessas um ao outro, promessas que talvez não conseguíssemos cumprir.

Porque a única coisa certa era que nos amávamos, que tínhamos o e-mail um do outro e que veríamos aonde aquilo daria.

Porque se tem uma coisa da qual tenho certeza, é de que nada é definitivo.

CÍRCULO NA AREIA

7 de setembro

Bem, acho que o título deste blog foi bem mais adequado do que pensei quando o escolhi, já que completei um círculo, e agora estou de volta de onde comecei. Ainda que tudo esteja diferente de antes. Mas como os círculos não têm fim, acho que é só o começo de outro ciclo, e quem sabe aonde vai dar?

Mas, para mantê-los informados, posso dizer que, quando cheguei ao aeroporto de Los Angeles, estava total e completamente exausta. Mas apesar de estar tão cansada que mal conseguia manter os olhos abertos, foi ótimo ver meus pais, lado a lado, sem advogados por perto, e sem mágoas (pelo menos nenhuma que eu conseguisse detectar), aparentemente relaxados e felizes de me ver – assim como eu estava feliz por vê-los.

E como eu sabia que não devia abraçar um deles antes do outro, eu me aproximei, com os dois braços abertos, forçando--os a me dar um abraço em grupo. E apesar de terem resistido a princípio, depois de um instante, eles se entregaram. E quando me afastei, não pude deixar de pensar em Tally, já que foi ela quem me ensinou a lidar com a resistência.

E mesmo depois de explicar que eu havia passado as últimas vinte e poucas horas comendo doces, salgadinhos e qualquer coisa que vendem em lojas de presentes de aeroporto, eles ainda insistiram em me levar para jantar. Ou seja, era hora de eu parar de resistir e concordar com eles.

E apesar de ter mil coisas para escrever, estou ocupada demais abrindo todas as caixas e decorando meu quarto novo – sem contar que a escola começa de novo em menos de uma semana. Então, diante de tudo isso, pensei em deixar algumas fotos, fazer alguns comentários e deixar que tirem suas próprias conclusões.

1) Esta é uma foto de meu quarto antigo. Mas é claro que ele não era vazio assim quando eu o ocupava! Acho que só pensei em tirar a foto quando já estava com tudo guardado para a mudança. Mas é estranho que, ao vê-lo vazio e abandonado dessa maneira, eu perceba que, no fim, nunca foi nada além de quatro paredes, uma porta, um armário e uma janela. E isso faz com que eu me sinta meio boba por ter sido tão apegada a ele. E se vocês precisarem de mais explicações a respeito do que quero dizer, então, por favor, fiquem à vontade para ver a foto 2.
2) Então, o que temos aqui, senhoras e senhores, são basicamente quatro paredes, uma porta, um armário e uma janela. São todos os elementos que formam meu novo quarto. O que quer dizer que não é muito diferente do meu quarto anterior. E ainda que o carpete seja um pouco simples para o meu gosto, minha

tia Tally prometeu me mandar um tapete grego bem lindo, como o que eu tinha no meu quarto na casa dela, para dar um toque a mais (e para me lembrar de minha outra casa!). E isso mostra que o LAR, assim como o PARAÍSO, é apenas um estado mental.

3) Esta é a minha melhor amiga, Nat, que foi gentil e generosa o bastante para dedicar seu único dia de folga (pelo menos desta semana) de seu trabalho na loja de artigos artesanais *You've Been Framed!* para me ajudar a abrir a maioria, ainda que não todas, das caixas (mas só porque havia mais coisas do que nós duas conseguimos cuidar, o que, admito, me fez reconsiderar a filosofia de minha tia Tally a respeito do acúmulo e do consumo em massa, e não consigo parar de pensar que ela pode ter razão!). Nat também me ajudou a organizar meu armário e gavetas, o que foi incrivelmente gentil, e tive muita sorte, já que ela é excelente com "relações espaciais" (palavras dela, não minhas). Estão vendo os brincos que ela está usando? Eu que fiz!

4) Uma foto de meu pai, sua namorada Melanie, e eu jantando no apartamento que ele comprou. E apesar de não ser realmente necessário, já não é muito longe do apartamento onde moro, ainda assim acabei passando a noite lá, porque eles foram gentis a ponto de decorar um quarto para mim, e estavam ansiosos para que eu o usasse.

5) Uma foto do meu quarto na casa do meu pai. Está vendo o pôster de *boy band* na parede? Bom, não está mais lá, se querem saber, porque a Melanie e eu o tiramos e o colocamos no escritório de meu pai, exposto na parede atrás da mesa, quando ele estava em uma reunião, já que nós duas nos

convencemos de que é ele que, secretamente, curte música de *boy band*.

6) Uma foto do Sr. Holly Golightly que o Yannes me mandou de Tinos. Para que saibam, Holly agora está vivendo com a filhinha de oito anos do primo dele, a Tatiana, e parece estar bem feliz e bem alimentado, pelo que vejo. E Yannis tem ido visitá-lo de vez em quando para sussurrar no ouvido dele e cuidar para que nunca se esqueça de mim.
7) Esta é uma foto da Harbor High School, que foi tirada no dia em que eu e Nat passamos por lá, porque ela estava tão animada para ver o novo laboratório de artes que não conseguiu esperar o início das aulas. Não sei se eu disse isso antes, mas a Nat AMA arte. Ela gosta de pintar, não, na verdade, VIVE para pintar e é muito boa nisso também. Além do mais, ela tem amizade com a professora de arte (sim, ela é o tipo de garota que faz amizade com os professores, o que posso dizer?), e, quando partimos, decidi que uma de minhas aulas eletivas seria de arte. Eles têm uma aula de cerâmica e eu nem sabia, mas agora que sei, espero que me deixem trocar.
8) Esta é uma foto de Amanda, Jenna, Levi e Casey, que encontramos naquele mesmo dia, já que os meninos estavam ali para o treino de futebol e as meninas estavam ali para assisti-lo. E apesar de não ter certeza, acho que Amanda e Levi podem estar juntos, já que ela me pareceu meio incomodada quando ele se aproximou para falar comigo. Mas tenho certeza total de que Jenna e Casey estão juntos, principalmente porque eles estavam agarrados. Mas vocês sabem como as coisas são, e, quando lerem isto, pode ser que eles estejam

separados ou com outras pessoas. E apesar de admitir que foi bem esquisito encontrá-los, por fim, apenas nos cumprimentamos, contamos algumas novidades e cada um seguiu seu caminho.

E é isso!

Então, se tiver alguém aí lendo isto, não se esqueça de comentar!

Com amor,

Colby

CÍRCULO NA AREIA

Comentários do blog:

Tinian Arts disse:

Enviamos o tapete hoje, então, espere recebê-lo em algumas semanas!

Nós dois sentimos muito sua falta... a casa fica tão silenciosa sem você!

Com amor,

Tally & Tassos

NatalieZee disse:

Sim, sou uma obcecada por arte que faz amizade com os professores, e, agora, o mundo todo sabe! Tudo certo para hoje à noite? Minha apresentação de arte começa às oito... estou tão nervosa!

ColbyCat disse:

Estou prestes a postar uma foto de seus quadros para o "mundo todo" ver como eles são incríveis! Até as oito! Não se preocupe... você vai arrebentar!

Anônimo disse:

Ainda estou aqui, ainda leio seu blog, ainda sinto sua falta.

ColbyCat disse:

E ainda está ANÔNIMO?

Anônimo disse:

Espero que não para você.

ColbyCat disse:

CLARO que não.

Anônimo disse:

A propósito, nossa lua está cheia esta noite.

ColbyCat disse:

Vou sair agora para ver.

Anônimo disse:

Kalinichta!

ColbyCat disse:

Kalinichta!